MON

GRAND FAUTEUIL.

I.

PARIS. — IMPRIMERIE DE CASIMIR.
Rue de la Vieille-Monnaie, 12.

MON

GRAND FAUTEUIL

PAR P. L. JACOB

BIBLIOPHILE.

Livres nouveaulx, livres vieilz et antiques.

ESTIENNE DOLÉT.

I.

PARIS.

EUGÈNE RENDUEL,

RUE DES GRANDS-AUGUSTINS, 22

—

1836.

A MON AMI

ALPHONSE BUCHÈRE.

Depuis tant d'années, mon cher Alphonse, que nous vieillissons ensemble dans une intime intelligence de nos cœurs, toi donnant quelques instans de récréation à la littérature et à la poésie, moi faisant de mes goûts de bibliophile et de romancier un métier plus pénible et plus occupé que tout autre, ne connais-tu pas mon grand fauteuil, le confident de mes travaux, le contemporain de mes études ?

Il est vrai que, dans tes visites à l'ami, tu ne songes guère au fauteuil : tu n'es pas de ces gens qui venant à vous rencontrer dans la

rue, vous arrêtent au milieu d'un bonjour
pour vous demander quel est votre tailleur ou
votre bottier. Quand tu apportes dans mon
sanctuaire tapissé de livres, encombré de papiers et blanchi de poussière, ta bonne et
franche amitié de collége ; quand tu viens mo-
raliser tendrement mes excès laborieux, mon
libertinage de bouquins et mes débordemens
d'encre ; quand tu t'inquiètes de ma santé
minée et contreminée par les veilles ; quand
tu reproches à mes yeux affaiblis leur rougeur
enflammée et à mon teint sa pâleur parchemi-
née ; quand tu vois avec chagrin, toi qui con-
serves un air de jeunesse dans un âge égal au
mien, ma taille se courber, ma poitrine s'en-
foncer, mes cheveux blanchir et les rides ap-
paraître, tu n'as pas le cœur à remarquer si
je suis assis sur un banc du douzième siècle,
ou sur une chaire du treizième, ou sur une
escabelle du quatorzième, ou sur un coffre du
quinzième, ou sur une chaise pliante du sei-
zième, ou sur un tabouret du dix-septième,
ou sur un sopha du dix-huitième, ou sur une
causeuse élastique du dix-neuvième! je te sais
gré de donner si peu d'attention au cadre en
présence du tableau.

Pour moi, qui t'aime de même force, je n'ai pas les mêmes éloges à m'adresser lorsque je tombe en passant au milieu de ton cabinet : « Comment te portes-tu ? *Voilà un joli volume. Qu'est-ce que tu fais ? Reliure de Derome assurément, je reconnais les fers.* Ah ! tu as achevé cette pièce ? *Aie ! un défaut dans le papier, page 355.* Tu me la liras bientôt ? *Combien as-tu payé ce bijou, ce trésor ?* Je t'attendrai demain. 5o *francs, cet admirable exemplaire ? c'est donné.* Adieu, mon ami. *Je m'enfuis de peur d'emporter ton livre comme un voleur.* Quoi ! tu veux que je l'accepte ? merci de grand cœur. *Il sort de la bibliothèque du comte d'Hoym !* » Telle est à peu près ma conversation distraite, décousue, hérissée de bibliomanie ; tu souris et me pardonnes un petit ridicule qui n'est pas un vice de cœur.

Or donc, mon ami, sache une fois pour toutes que je possède un fauteuil que je nommerais *Pégase* si je rimais encore, et que je ne nommerai pas *Trépied*, parce que je ne suis point oracle ni grand-prêtre dans les lettres, comme M. Alfred de Vigny : c'est un vieux fauteuil qui ne sera jamais académique ni législatif, qui me portera jusqu'à ce que je

meure, qui n'aura plus d'usage après m'avoir
servi, et qui s'en ira pourrir chez un marchand
de bric-à-brac lorsque son maître pourrira de
son côté dans cet autre triste dépôt des vani-
tés humaines, qu'on appelle burlesquement
le Père Lachaise.

Ce vieux fauteuil n'est pas un meuble héré-
ditaire de famille : si c'était le fauteuil de ma
grand'mère, je n'en tirerais pas aujourd'hui
ces deux volumes in-octavo assez pauvres,
que le malheur des temps me force de faire
sortir de mon fauteuil ; mais j'en aurais tiré
un bien meilleur parti.

Voici ce que j'aurais tiré du fauteuil de ma
bonne et respectable grand'mère.

Il y a long-temps de cela : j'aimais ma
grand'mère, comme un orphelin qui, privé
dès l'enfance des soins d'une mère et des conseils
d'un père, a reporté son affection filiale sur
les cheveux blancs d'une aïeule qu'il entoure
d'une espèce de culte craintif et tendre. Mon
excellente grand'mère m'aimait comme un
malheureux enfant qui a beaucoup perdu et
qui ne sait pas tout ce qui lui manque.

Je la voyais peu, cependant, ma grand'-
mère : les jours de congé, quand je n'étais pas

en retenue au collége ; à sa fête, au jour de
l'an. Quand je la visitais , tout rouge d'avance
des questions qu'elle allait m'adresser sur mes
études, sur mes récréations, sur mes goûts,
sur mes projets (car elle voulait tout savoir,
même ce que je ne savais pas moi-même),
elle me glissait dans la main au moment de
l'adieu une pièce de monnaie en me disant :
« Travaille, mon ami, deviens un brave homme
tel que fut ton père , et pour ta récompense je
te laisserai mon fauteuil. »

Là-dessus , moi curieux et léger comme un
enfant , je jetais un coup d'œil de dédain et un
sourire de raillerie sur le fauteuil que me pro-
mettait ma grand'mère : le présent ne me
semblait pas même offrable ; car ce fauteuil
antique et vénérable avait autant d'infirmités
et bien plus d'années que la digne femme qui
l'occupait sans désemparer à cause de sa vieillesse et pour une autre cause qu'on n'eût
guère soupçonnée.

Ce fauteuil, en apparence, ne valait pas
un écu : sa carcasse vermoulue, de noyer
noirci, brûlé , taché, détérioré, se fût séparée
en débris au moindre choc : aussi ne le remuait-
on jamais de sa place ordinaire près de la che-

minée, comme s'il y eût pris racine; mais le
principal motif de cette permanence, à laquelle tenait particulièrement ma grand'mère,
semble avoir été la lourdeur considérable de
ce meuble, couvert de velours d'Utrecht jadis
rouge, entièrement rongé et parsemé de tant
de reprises en fil de toutes couleurs, qu'on eût
dit une broderie disposée sur un canevas usé.
Ce fauteuil me paraissait si effroyable, que
l'idée d'en être possesseur un jour me donnait
le cauchemar tout éveillé.

— Qu'en ferais-je? disais-je en moi-même
avec pitié : une aumône au donneur d'eau
bénite de Saint-Sulpice. Mais non, ma respectable grand'mère vivra encore assez pour user
son fauteuil jusqu'à la dernière pièce.

Hélas! ma grand'mère mourut subitement,
avant que je fusse parvenu à l'âge raisonnable ;
je la pleurai, j'escortai son convoi, et je ren-
trai presque consolé au collége : le chagrin est
si fugitif chez les enfans! Seulement je songeai
au fauteuil qui m'était destiné, et toutefois je
ne le réclamai pas, de peur du ridicule. On ne
me remit de la succession de ma grand'mère
que des pots de confiture que je vidai en ingrat, sans lire dans leur suscription une épi-

taphe, sans trouver une amère réflexion au fond de leur friand contenu.

Mais, tandis que je mangeais ainsi des confitures en rêvant quelquefois au fauteuil caduc de ma grand'mère, on fit, en mon nom de légataire naturel, la vente du mobilier modeste parmi lequel figurait ce fauteuil que je n'avais pas revu depuis le jour de l'enterrement : on vendit à l'encan le lit où était morte mon aïeule, le linge qui avait touché son corps, les objets qu'elle affectionnait le plus ; sa pendule, cette compagne dont la vie factice avait été suspendue dès que la sienne eut cessé ; son écran, ce confident à qui elle apprenait l'emploi de ses journées et ses plans du lendemain écrits sur un tableau toujours placé vis-à-vis d'elle ; ses aiguilles à tricoter, et enfin son fauteuil !

—Un ancien fauteuil de noyer rembourré de crin et garni par-dessus d'un mauvais velours, 10 francs ! Il n'y a pas marchand ? 5 francs ! y a-t-il marchand ? allons, messieurs, 5 francs. C'est un meuble très-solidement établi, en beau crin. Bon ! il y aura marchand à 5 francs ? 5 francs, dix, douze, quinze, vingt, trente centimes ! à 5 francs 50 centimes, une, deux, trois fois, personne ne dit mot : adjugé !

Ce fut un rempailleur de chaises qui acheta le fauteuil et qui l'emporta sur ses épaules, à grand'peine; mais il n'eut garde de le rapporter par un remords de conscience, ni de le rendre quand on le lui redemanda par un retour de fortune : dès que l'homme et le fauteuil eurent disparu, on découvrit dans un coffret ce petit billet qui fit seul partie de l'héritage : « Dans un grand fauteuil que je lègue à mon petit-fils Paul, pour l'encourager à bien faire, j'ai caché à diverses fois une somme de quarante mille francs en or. »

J'avais vendu, sans le savoir, quarante mille francs pour 3 francs 30 centimes !

Voici maintenant ce que je tire de mon propre fauteuil, qui ne contient pas des trésors de ce genre.

Mon fauteuil ne ressemble pas non plus à celui de ma grand'mère : il est vaste et massif parce qu'il s'ouvre de toutes parts et qu'il renferme de mystérieuses cachettes, comme le cheval de Troie, sous sa housse de tapisserie arlequinée. L'extérieur de ce fauteuil simple et patriarcal ne fournirait pas une description aussi longue que celle du bouclier d'Achille; mais son intérieur pourrait produire un ca-

talogue plus volumineux que celui de feu
M. Boulard.

Dans ce fauteuil sont habilement disposés
des tiroirs de différentes grandeurs, portant
chacun son titre spécial, ayant ou ayant eu
chacun ses habitans plus ou moins nombreux :
vers, comédies, drames, romans, contes,
histoires, notes, tout y est par ordre chrono-
logique. Ce fauteuil fait à lui seul une revue
tout entière, mieux ordonnée et plus amu-
sante que telle autre; mais à présent un grand
nombre de tiroirs sont déserts et dépeuplés
comme les caveaux de Saint-Denis : il n'y reste
guère qu'un fumet d'histoire et de littérature :
il y reste l'espérance, ainsi que dans la boîte
de Pandore, l'espérance de les remplir plus
tard pour enrichir ma succession littéraire;
quelques-uns sont pleins et fermés à double
tour, dans la crainte des voleurs d'idées, plus
audacieux et moins délicats que les coupeurs
de bourse.

Tu vois, mon cher Alphonse, que mon fauteuil est l'unique auteur ou du moins éditeur
de ces miscellanées, qui appartiennent à deux
époques distinctes, les vers à mes vingt ans,
la prose à l'âge où je suis arrivé sans changer

de but en changeant de route ; la rime est sœur de l'amour , elle fuit les vieillards et suit les jeunes gens. C'est une sorte de maladie que nos naïfs et crédules aïeux voyaient dans la cervelle des poètes sous la forme d'un ver rongeur nommé *ver - coquin :* je suis guéri pour toujours, mais je n'ai plus vingt ans.

Dernièrement , les suites d'un incendie qui consuma plusieurs de mes ouvrages, me furent non moins funestes que ce désastre lui-même : mon revenu de philosophe optimiste tomba dans l'eau par la faute du feu , et moi qui , réfugié dans mes livres , m'apprêtais à dire avec Virgile : *Nobis Deus hæc otia fecit ,* je me vis contraint de sacrifier ce repos à de nouvelles et interminables fatigues, pour métamorphoser mon encre et mon papier en *cinq pour cent consolidé.* Alors , j'ai fait une invocation à mon fauteuil , de même que dans la fable le Charretier embourbé s'adresse à Hercule , et mon fauteuil me répondit : *Aide-toi, le Ciel t'aidera.*

J'ai fouillé les tiroirs de ce fidèle fauteuil , même les tiroirs clos et condamnés depuis dix ans; j'y ai puisé à pleines mains, et quelquefois en aveugle; j'ai imité les marins qui , dans une tempête , ne se soucient pas de ce

qu'ils jettent à la mer, pourvu qu'ils sauvent
le navire : heureusement que cette mer de la
publicité engloutit et dévore tout, sans même
rendre les morts aux rivages peu accessibles
de la gloire !

Enfin, dans cette publication, à laquelle
je n'attache pas grande importance il est vrai,
je me retranche derrière mon fauteuil contre
les attaques de la critique, et je me fais un
palladium de la nécessité : est-ce assez pour
être invulnérable?

PAUL L. JACOB, *Bibliophile.*

Ce 14 décembre 1835.

LA MARÉCHALE D'ANCRE,

(1617)

DRAME HISTORIQUE

EN CINQ ACTES ET EN VERS.

AVERTISSEMENT.

———

Qu'est-ce qui n'a pas fait au moins sa tragédie au sortir du collége? Je pourrais ici
donner la mienne qui a été sifflée; mais je
n'en ferai rien par respect pour les arrêts du
public et surtout par admiration pour le beau
livre de M. Bulwer, qui m'a fait l'honneur de
traiter le même sujet que moi dans *le Dernier
jour de Pompéi.*

Je donne mon drame qui n'a pas été joué, et
qui aurait peut-être produit quelque effet en
1828, avant le drame de M. Alexandre Dumas;
mais trois fois les répétitions de *la Maréchale
d'Ancre* ont été reprises et interrompues; puis,
venant le succès retentissant de *Henri III*, j'ai
jugé que le mien arriverait trop tard : j'ai donc

retiré ma pièce et dit avec joie un éternel adieu au théâtre.

Au reste, j'en ai vu assez de cette vie de coulisses, de censure, de comédiens, d'intrigues, de dégoûts, de noirceurs et de misères, pour faire là-dessus quelque chose de mieux qu'une préface. A propos de censure, on saura seulement que *la Maréchale d'Ancre* a failli être mise à l'index au moment de la représentation, parce que ce scélérat de Luynes avait le malheur de figurer dans l'histoire et dans le drame, et qu'un des censeurs avait le bonheur de dîner chez l'honnête M. de Luynes, duc et pair de France !

Depuis que ce drame a trompé le feuilleton qui l'annonçait tous les jours, et a voulu rentrer incognito dans les mémoires historiques d'où je l'avais tiré avec certaines recherches de mœurs et de localité, M. Alfred de Vigny a fait représenter une *Maréchale d'Ancre* qui est sortie tout armée du cerveau de l'auteur de *Cinq-Mars*, et qui ne doit rien à l'étude de l'époque et du fait que j'avais traités avant lui : on sait que M. de Vigny est poète ; aussi use-t-il de la permission pour inventer même l'histoire.

J'aurais pu ajouter deux volumes de pièces justificatives à *la Maréchale d'Ancre*, en imprimant un extrait des pamphlets et satires du temps relatifs à *Conchine* et à sa femme ; mais je préfère renvoyer le lecteur, curieux de détails plus précis et plus développés que ceux dont s'accommode le théâtre, aux précieuses collections de pièces que la Bibliothèque du Roi possède sur ce sanglant épisode de nos annales. Chacun d'ailleurs pourra vérifier dans le *Mercure Français*, dans la *Conjuration de Conchine*, dans l'*Histoire de la mère et du fils*, dans Levassor, Legrain, Dupleix, etc., avec quels soins j'ai tâché de dramatiser l'histoire sans trop la défigurer.

Enfin, pour mon excuse plutôt que pour mon éloge, je rappellerai que ce drame est antérieur à *Henri III*, et que long-temps avant le drame de M. Dumas, l'histoire avait reçu du président Hénault, de Mercier et de feu M. le comte Rœderer ses lettres de noblesse théâtrale.

PERSONNAGES.

LÉONORE DORI GALIGAÏ[1], MARÉCHALE D'ANCRE, femme de Concino-Concini, marquis d'Ancre, maréchal de France et ministre; surnommée *la Conchine* par le peuple.

CHARLES D'ALBERT, SEIGNEUR DE LUYNES, grand-fauconnier de France.

MARIE DE MÉDICIS, veuve de Henri IV et mère de Louis XIII, régente.

DESLANDES, premier président au parlement de Paris.

COURTIN, conseiller au même parlement.

ISABELLE, dite LA SYBILLE D'ARCUEIL, devineresse.

LUDOVICO, père de la maréchale d'Ancre.

THÉOPHILE, poète.

DEAGEN, courtisan.

LE DUC D'ÉPERNON.

Me MULART, avocat au parlement.

PHILIPPE ACQUIN, témoin.

ROSALBE, dame d'atours de la régente.

UN DOCTEUR.

LE GRAND-PRÉVÔT.

Bourgeois, hommes et femmes du peuple, archers, écoliers, paysans, etc.

La scène est à Paris, aux mois d'avril et de juillet 1617.

---

[1] D'après des vers du temps, je suis autorisé à croire qu'on prononçait alors en français *Galigai;* mais j'ai préféré conserver le nom italien Galigaï.

LA MARÉCHALE D'ANCRE.

ACTE PREMIER.

Une salle de l'appartement de la reine-mère, au Louvre.
(24 avril 1617.)

SCÈNE PREMIÈRE.

LA MARÉCHALE, *assise devant une table chargée de papiers.*
(*Elle ouvre une lettre.*)

Quillebeuf! vingt avril!... les travaux des remparts
Avancent lentement..... Pourtant, de toutes parts
Il nous faut préparer à la guerre des princes,
Car nous perdrons Paris s'ils gagnent les provinces.
(*Elle lit une missive du parlement.*)
Hier, vingt-trois avril, un homme ayant maudit
Bien outrageusement mon nom... on le pendit
Au gibet du Pont-Neuf... La mort pour une insulte!
Ah! dans de pareils cas, je veux qu'on me consulte.
(*Elle prend une autre lettre.*)
Bonne nouvelle! *Enfin les six mille Liégeois*

Levés à mes deniers vont entrer dans l'Artois.
On a dépeint au roi mon mari comme un traître :
Ce service éclatant le fera mieux connaître.
                    (*Une autre lettre.*)
On demande à grands cris la mise en liberté
Du prince de Condé par mon ordre arrêté ;
Et messieurs de Nevers, du Maine et de Vendôme
Font servir ce prétexte à troubler le royaume !...
Non ; nous saurons garder notre ôtage, et bientôt
A la force opposer la force s'il le faut.
                    (*Elle ramasse une lettre à terre.*)
Cette lettre !... *Un ami me mande que l'on trame*
Un complot contre moi.... Je ne suis qu'une femme,
Mais par de feints avis si l'on croit m'effrayer,
On se trompe d'autant ; Luynes peut l'essayer.
    (*Elle remet tous les papiers dans un portefeuille de cuir doré.*)
Quelqu'un ! (*Un page entre.*)
            En mon hôtel, rendez ce portefeuille
De ma part à monsieur le maréchal : qu'il veuille
L'examiner, avant que d'aller chez le roi.

SCÈNE II.

LA MARÉCHALE, ROSALBE.

LA MARÉCHALE.

Eh bien ! Sa Majesté sait-elle que c'est moi ?

ROSALBE.

En son appartement la reine est enfermée :

De ses dévotions c'est l'heure accoutumée ,
Madame , et recueillie , à genoux , elle attend
Une absolution du prêtre qui l'entend ,
Car pour le défunt roi , dans l'ardente chapelle ,
Une messe des morts avant midi l'appelle.

LA MARÉCHALE.

Ce pendant qu'elle vaque à ce pieux devoir,
Les courtisans sont là , je les puis recevoir.
Dites qu'en ma présence on les fasse introduire.

ROSALBE.

Madame, devant vous on hésite à conduire
Un vieillard qu'on a vu, couvert d'un noir manteau,
Errer, la nuit durant , à l'entour du château.
C'est un Italien selon toute apparence :
Il demande à vous voir de si belle assurance
Que dans la cour du Louvre on l'a laissé s'asseoir.
Il s'écrie en pleurant : « J'attendrai jusqu'au soir. »

LA MARÉCHALE (à part).

Si c'était !..... Son départ, que toujours je diffère !...
Je doute encor..... (Haut.) Son nom ?

ROSALBE.

Ludovico.

LA MARÉCHALE (à part).

Que faire ?..

De ma naissance on va pénétrer le secret !....
Je crains tant cette cour au regard indiscret !
Je crains son merveilleux appétit de scandale...
Gardons qu'une imprudence ici me soit fatale !.....

(*Haut.*) Ce vieillard ne dit pas du moins qu'il me connaît?

ROSALBE.

Madame!....

LA MARÉCHALE.

Je le plains... Si l'on me l'amenait
En cet appartement par la porte cachée?...
D'une pitié soudaine, oui, je me sens touchée!...
Je l'entretiendrai seule, et vous avez compris:
Publier un bienfait, c'en est gâter le prix.

ROSALBE.

Et la réception, madame....?

LA MARÉCHALE.

Tout à l'heure,
Quand j'aurai consolé ce bon vieillard qui pleure.

SCÈNE III.

LA MARÉCHALE, *seule.*

Il m'avait bien promis de ne jamais venir....
Mes prières, mes dons, le devaient retenir....
Viendrait-il, enviant l'éclat qui me décore?...
Mon père! non, il vient pour m'embrasser encore.....
Mais un mot peut me perdre et me faire un affront
Dont gémira mon cœur, dont rougira mon front:
Moi, des Galigaï j'usurpai la famille,
Et d'un pauvre artisan je ne suis que la fille!

SCÈNE IV.

LA MARÉCHALE, LUDOVICO *vêtu de deuil.*
(*Il est introduit par Rosalbe, qui se retire aussitôt.*)

LUDOVICO, *voulant se jeter à genoux.*
Léonora !... Madame !....

LA MARÉCHALE, *l'arrêtant et l'embrassant.*
Ah ! dans mes bras toujours,
O mon père !

LUDOVICO.
Voici le plus beau de mes jours !....
Ma fille !... Mais ce nom peut-être vous offense?...
J'aime à le répéter comme dans ton enfance !

LA MARÉCHALE.
Et moi j'aime à l'entendre..... On vient ! parlons plus bas.

LUDOVICO.
Votre sort est changé, mais ton cœur ne l'est pas !

LA MARÉCHALE.
La maréchale d'Ancre est pour vous Léonore!...
(*Elle écoute avec inquiétude le bruit qui se fait dans la galerie.*)

LUDOVICO.
Serait-ce Concini, votre époux que j'honore?

LA MARÉCHALE.
Que ce rapprochement fut long-temps attendu !

LUDOVICO.

Douze ans !

LA MARÉCHALE.

Plus de regrets, quand vous m'êtes rendu!....
Et ma mère....?

LUDOVICO.

Mes pleurs, hélas! sont ma réponse!

LA MARÉCHALE.

Et ces habits de deuil!... ô mon Dieu! tout m'annonce
Le plus grand des malheurs!.... ma mère... je le voi...
Morte?...

LUDOVICO.

Je suis venu la pleurer avec toi.

LA MARÉCHALE.

Vous mêlez à ma joie une douleur amère :
J'apprends entre vos bras que je n'ai plus de mère!

LUDOVICO.

Léonora, vers toi mon âme s'envolait!...
J'oublie auprès de toi le poids qui l'accablait.
Si tu savais combien, en ta cruelle absence,
J'ai souffert de remords qu'eût guéris ta présence!
Sacré devoir de père, hélas! que j'ai trahi!...
Depuis ce jour funeste où des Galigaï
Périt la fille unique à mes soins confiée,
Par folle ambition je t'ai sacrifiée!
Ce fut pour te doter d'un avenir plus beau,
Que je changeai ton nom en changeant ton berceau,

Et dans cette famille, où tu n'étais pas née,
Je fis passer l'enfant que Dieu m'avait donnée!

LA MARÉCHALE.

Ah! loin de nous plutôt ce fâcheux souvenir!

LUDOVICO.

Voilà trente ans qu'en vain j'essaie à le bannir!
Mon crime à ta fortune avait ouvert la voie :
La fille du Grand-Duc... Il faut que je la voie,
Que je l'embrasse!... Eh bien! Marie, elle est ici?

LA MARÉCHALE.

La régente, mon père?...

LUDOVICO.

                    Elle est ma fille aussi :
Le même lait que toi ne l'a-t-il pas nourrie?
Comme ta propre sœur, l'ai-je donc point chérie?
Sa compagne au berceau, tu lui dus ton haut rang
Lors de son mariage avec Henri-le-Grand ;
Quand la France reçut sa jeune souveraine,
Tu parus la première à côté de la reine.
J'eusse voulu du moins te suivre, satisfait
D'applaudir dans la foule au sort que je t'ai fait :
Pourquoi m'avoir ôté jusques à l'espérance?
Heureux depuis douze ans, j'habiterais la France!...
Ai-je eu depuis douze ans un jour, un seul instant
De repos, de bonheur?.. Je puis mourir content :
Nous sommes réunis!

LA MARÉCHALE.

                    Que rien ne nous sépare!

LUDOVICO.

Ton destin et le mien, souvent je les compare :
Ils sont bien différens !

LA MARÉCHALE.

Ils ne le seront plus !

LUDOVICO.

Prière, violence, ordres, sont superflus
Pour m'écarter de toi !

LA MARÉCHALE.

Que Dieu long-temps me laisse
Entourer de respects votre belle vieillesse !
Tout ce que je possède est à vous !

LUDOVICO.

Quel bonheur
De te voir commander en France avec honneur !

LA MARÉCHALE.

Elle me hait pourtant cette France que j'aime !

LUDOVICO.

On te dit presque égale à la régente même ?

LA MARÉCHALE.

C'est moi seule qui règne, et j'appris par degré
A gouverner Marie et l'État à mon gré,
Grâce à cet ascendant qu'elle ne peut comprendre,
Celui qu'un esprit fort sur un faible sait prendre.
Si je ne l'aimais pas !.....

LUDOVICO.

Heureux et triomphant ,
Je voudrais à chacun dire : C'est mon enfant !

LA MARÉCHALE.

Oui, vous serez témoin d'une grande victoire !....
Mais de ces différends vous ignorez l'histoire :
Luynes, ce fauconnier fraîchement ennobli,
Du haut de sa faveur va tomber dans l'oubli ;
Louis treize est en vain contre moi son asile :
J'ai signé son arrêt ; aujourd'hui je l'exile !....
J'irai, j'irai bientôt, libre d'un rang fatal,
Chercher l'ombre et la paix dans mon pays natal ;
Je quitterai ce Louvre où l'intrigue demeure.....
Où ma mère mourut, Dieu fasse que je meure !
A chaque instant ici ma vie est en danger !....
Avant que de partir, je saurai me venger !....
Pardonnez aux devoirs que la cour me commande....
Votre secret, le mien, je vous le recommande :
Ah ! que de votre bouche il ne sorte jamais !
Vous me l'avez promis....

LUDOVICO.

Oui, je te le promets.

LA MARÉCHALE.

Il importe à tous deux.

LUDOVICO.

Ne crains rien : ce mystère
Je l'ai celé trente ans, je le dois savoir taire.

LA MARÉCHALE.

Qui vient donc nous troubler ?....

LUDOVICO.

Est-ce la reine?

LA MARÉCHALE.

Non :

Je reconnais la voix de monsieur d'Épernon !

SCÈNE V.

LA MARÉCHALE, LUDOVICO, ROSALBE.

ROSALBE.

C'est lui-même, madame.

LA MARÉCHALE.

Eh quoi ! malgré mon ordre...

ROSALBE.

Aujourd'hui tout s'émeut d'un étrange désordre.
Le sieur de Luyne au Louvre est, dit-on, accouru ;
Monsieur le maréchal n'a point encor paru.
Cependant les seigneurs, que la rumeur entraîne,
Désertent la plupart le lever de la reine,
Et le duc d'Épernon, tout-à-coup arrivant,
Aurait sans les huissiers pénétré plus avant
Pour voir sa majesté, dit-il.

LA MARÉCHALE.

Il peut attendre,

L'audacieux !.... Mais non , je consens à l'entendre....
Qu'il entre ! (*A Ludovico.*)
      Bon vieillard , n'oubliez pas !... Adieu !
Allez en mon hôtel !

LUDOVICO.

    Quand j'aurai loué Dieu.

SCÈNE VI.

LA MARÉCHALE.

D'Épernon à Paris !.... Que dis-je ? au Louvre même !
Quel soin lui fit quitter sa ville d'Angoulème ,
Ce ligueur qui mettrait la France en désarroi
Pour s'approcher encor de l'oreille du roi !

SCÈNE VII.

LA MARÉCHALE, LE DUC D'ÉPERNON.

LA MARÉCHALE, à Rosalbe.

Retirez-vous.... (*Au duc qui salue.*) Monsieur le duc...

LE DUC D'ÉPERNON , saluant.

                Je suis , madame,
Avare des momens que la reine réclame ,
Et je vais....

LA MARÉCHALE.

   Voir la reine ? Il n'y faut pas songer.

LE DUC D'ÉPERNON.

Son intérêt l'exige....

LA MARÉCHALE.

Osez-vous l'exiger ?
D'une feinte aussi basse à moins qu'on me soupçonne,
La reine ce matin ne recevra personne ;
Je vous le dis, monsieur, et vouloir résister....

LE DUC D'ÉPERNON.

C'est pour sauver la reine, et je dois insister.

LA MARÉCHALE.

Demain, dans quelques jours, peut-être....

LE DUC D'ÉPERNON.

Dans une heure

Il ne sera plus temps ! souffrez que je demeure....
La reine ne sait pas que le duc d'Épernon....

LA MARÉCHALE.

Vous pensez voir s'ouvrir la porte à votre nom ?...

LE DUC D'ÉPERNON.

Il en était ainsi sous le feu roi mon maître :
A ma franche amitié, lui, se daignait commettre;
Et je lui dévouais ma pensée et mon bras....

LA MARÉCHALE, avec ironie.

Dans les plaines d'Ivry comme aux champs de Coutras?

LE DUC D'ÉPERNON.

Certes le Béarnais n'était pas Henri quatre :
Avant de le servir, je le devais combattre,
Car, au parti royal attaché sans repos,

J'ai pu changer de chefs, non jamais de drapeaux.
Mon zèle pour le trône, et c'est mon plus beau titre,
Du destin de l'État m'avait rendu l'arbitre!...

LA MARÉCHALE.

Henri régnait alors....

LE DUC D'ÉPERNON.

Vous régnez aujourd'hui,
Madame.... Si du moins vous aviez un appui!

LA MARÉCHALE.

Et vous m'offrez le vôtre?.... Admirez ma surprise....

LE DUC D'ÉPERNON.

D'Épernon ne fait pas une offre qu'on méprise.
Ainsi je ne saurais chez la reine être admis?....
Oubliez que tantôt nous fûmes ennemis,
Madame.... son salut, et le vôtre sans doute,
Dépendent d'un moment....

LA MARÉCHALE.

Permettez que j'en doute.

LE DUC D'ÉPERNON.

Non, des avis certains sont venus m'avertir....
On peut d'un seul retard vous faire repentir.
C'est l'amour du feu roi qui m'attache à sa veuve:
Déjà de dévoûment pour elle j'ai fait preuve,
Lorsqu'Henri quatre mort, du parlement confus
J'allai l'épée en main menacer les refus,
Pour la faire nommer régente.... Et l'on m'oublie!....

LA MARÉCHALE.

Vous êtes éloquent, cher duc, je le publie ;
J'aime votre entretien : j'y renonce à regret....
          (*Allant vers la porte, aux huissiers.*)
Faites entrer.

LE DUC D'ÉPERNON.

          Madame !.... (*A part.*) Un mot la sauverait !

LA MARÉCHALE.

Allez-vous chez le roi ? Mon mari s'y doit rendre.

LE DUC D'ÉPERNON.

J'irai.

LA MARÉCHALE.

     Ce prompt retour est fait pour le surprendre ;
Mais s'il en connaissait le motif généreux !....

LE DUC D'ÉPERNON.

Vous l'allez trop connaître en ce jour malheureux !

LA MARÉCHALE.

Vous ferez votre cour au fauconnier?

LE DUC D'ÉPERNON.

                    Que sais-je ?
Madame, un fauconnier excelle à tendre un piége !
(*A part.*) S'il triomphe, essayons de m'unir à son sort.

SCÈNE VIII.

LA MARÉCHALE, LE DUC D'ÉPERNON, THÉOPHILE, DEAGEN, Gentilshommes.

DEAGEN, *bas à Théophile.*

C'est le duc d'Épernon !

LE DUC D'ÉPERNON.

Adieu, madame.

THÉOPHILE, *bas à Deagen.*

Il sort,

Le sourire à la bouche.

DEAGEN, *bas à Théophile.*

Est-il remis en grâce ?

THÉOPHILE (*à part*).

Je lui rime un sonnet que pas un ne surpasse !

SCÈNE IX.

LES MÊMES, EXCEPTÉ LE DUC D'ÉPERNON.

THÉOPHILE.

Vos féaux serviteurs viennent renouveler
Un serment que leur sang est tout prêt à sceller :
Oui, madame, tandis que le parti contraire

De la fidélité s'efforce à nous distraire,
On nous verra toujours, sans peur et sans remord,
Défendre votre cause à la vie, à la mort.
Lorsque Sa Majesté que Luynes s'associe....

LA MARÉCHALE.

La reine par ma voix, messieurs, vous remercie;
Et fière d'inspirer un tel attachement,
Elle compte avec moi sur votre dévoûment.
Mais quels sont ces dangers que l'avenir me garde?
Mon air est-il moins calme?... ai-je doublé ma garde?
Enfin que puis-je craindre?

DEAGEN.

On nous a mal instruits.

THÉOPHILE.

Luynes fait à dessein répandre de faux bruits.

LA MARÉCHALE, *en souriant.*

Ce Luynes en effet mérite qu'on le craigne:
Un favori !.... Ce jour verra finir son règne.

THÉOPHILE.

Luyne est disgrâcié : ma muse, tu l'entends!

LA MARÉCHALE.

Il m'est avis que Luyne, avant qu'il soit long-temps,
Peut voir humilier son audace arrogante!
Sa Majesté, messieurs, est encore régente.

DEAGEN.

L'exil le frapperait d'un faible châtiment.

THÉOPHILE.

Plantera-t-on bientôt la potence d'Aman ?

LA MARÉCHALE.

Ce Luynes, condamné par sa basse naissance
Aux plus humbles emplois, arrive à la puissance,
Et, le faucon au poing ou de meutes suivi,
A de vils passe-temps tient son maître asservi !...
Et voilà le rival qu'en espoir on m'oppose !
A mon ressentiment, malheur à qui s'expose !...

(Elle reçoit et lit des placets.)

DEAGEN, *bas à Théophile.*

Pourvu que dans sa chute il ne m'entraîne pas!

THÉOPHILE, *bas à Deagen.*

Au bord du précipice on arrête mes pas :
Luyne allait respirer mon encens poétique.

DEAGEN (*à part*).

Advienne que pourra, j'ai de la politique.

LA MARÉCHALE, *parlant aux courtisans qui s'approchent
d'elle l'un après l'autre.*

Bessieux, mon amitié ne vous refuse rien,
Et votre protégé va devenir le mien....
Hâtez-vous de répondre à notre confiance,
Monsieur de Montbazon : avec impatience
Amiens attend déjà son nouveau gouverneur.

THÉOPHILE (*à part*).

Poète, on n'atteint pas ce haut degré d'honneur !

LA MARÉCHALE.

Je veux voir votre fils, Deagen, au rang des pages.

THÉOPHILE(*à part*).

Les grands ! la honte suit leurs pompeux équipages !
Moi, je dédaigne seul ces biens trop achetés.

LA MARÉCHALE.

Théophile, vos vers m'ont été présentés ;
La reine les a lus : oui, votre beau génie
De notre vieux Malherbe a vaincu l'harmonie.
Florence m'a vu naître, et par un noble élan
J'appris, dès mon jeune âge, à chérir le talent :
Partant, encourager le vôtre m'est facile...

THÉOPHILE.

Ah ! madame, ma muse, à vos ordres docile,
Veut.....

LA MARÉCHALE.

On vous remettra cent écus au trésor.

THÉOPHILE.

Vos bienfaits à ma verve ont redonné l'essor,
Et pour vous il n'est pas de rime qui me coûte...
Madame, c'est une ode.....

LA MARÉCHALE.

Eh bien ! on vous écoute.

THÉOPHILE, *déclamant*.

D'Ancre, de qui le nom fameux
Vole jusqu'aux glaces de l'Ourse,

Tandis que le Nil écumeux
L'enseigne aux échos de sa source,
Le blond Phébus de son char radieux
Porte ta gloire à l'Olympe des dieux !

SCÈNE X.

LES MÊMES, LE PRÉSIDENT DESLANDES.

LA MARÉCHALE.

Monsieur le président, entendez.....

DESLANDES.

Je réclame

Un moment d'entretien.
(*Il parle bas à la maréchale.*)

THÉOPHILE, *bas à Deagen.*

Je le maudis dans l'âme :
A peine commençais-je à réciter mes vers...

DEAGEN, *à Théophile.*

Peut-être des complots ont été découverts.
C'est Luynes, si j'en crois ma longue expérience...

LA MARÉCHALE.

Voici l'heure où le roi va donner audience,
Messieurs, et trop long-temps je vous ai retenus ;
Mais je n'oublierai pas que vous êtes venus.
Vous l'avez éprouvé, ma mémoire est fidèle :
Les absens auront tort.

DEAGEN (*à part*).

         Je n'attends plus rien d'elle....
Fortune, si ta roue allait tourner enfin !

THÉOPHILE (*à part*).

Un poète de cour ne meurt jamais de faim.

SCÈNE XI.

LA MARÉCHALE, LE PRÉSIDENT DESLANDES.

LA MARÉCHALE.

Quand le roi l'a mandé, quand l'audience s'ouvre,
Comment ! le maréchal ne viendrait pas au Louvre !
Et c'est vous seul, monsieur, qui, sans me consulter?....

DESLANDES.

Savez-vous quels malheurs eussent pu résulter
De sa venue au Louvre, où le bruit qui circule...

LA MARÉCHALE.

A l'aspect d'un soupçon vous voulez qu'il recule !

DESLANDES.

Non, non, tout m'en fait foi, l'on en veut à ses jours !
Luyne est un ennemi.....

LA MARÉCHALE.

         Le craindrez-vous toujours ?

DESLANDES.

A ma vieille amitié votre époux se confie ;
Je l'ai fait avertir... Le sage se défie.

LA MARÉCHALE.

Ce qu'on nomme prudence est souvent lâcheté.
Concini par la peur serait-il arrêté?

DESLANDES.

De son hôtel pourtant je ne crois pas qu'il sorte.

LA MARÉCHALE.

Président, il le faut! Que sa garde l'escorte!

DESLANDES.

On l'assassinera.

LA MARÉCHALE.

　　　　Qui donc l'oserait?

DESLANDES.

　　　　　　　　　　Tous,
Si le roi désignait la victime à leurs coups.

LA MARÉCHALE.

Le zèle vous aveugle, et je vous en rends grâce;
Mais ne craignez plus Luyne : il touche à sa disgrâce;
Son pouvoir qui commence est bien près de finir.

DESLANDES.

Madame, le présent est gros de l'avenir.

LA MARÉCHALE.

Enfin, le maréchal, quoi que l'on appréhende,
Est mandé chez le roi : je prétends qu'il s'y rende.
Même un plus long retard aurait droit d'étonner.
Aux timides conseils prompt à s'abandonner,
Alors qu'il faut agir, mon faible époux hésite!...

Allez, cher président : que votre voix l'excite
A paraître en triomphe aux yeux des courtisans ;
Car nous avons vaincu Luyne et ses partisans.
Qu'il vienne tout-à-l'heure ou nos projets se rompent.

DESLANDES.

Madame , plaise à Dieu que mes craintes me trompent !

LA MARÉCHALE.

Je m'en prends à vous seul s'il ne cède à mes vœux.
Je désire qu'il vienne..... en un mot , je le veux !

SCÈNE XII.

LA MARÉCHALE, ROSALBE.

ROSALBE.

La reine vient ici.

LA MARÉCHALE.

                Que l'on nous laisse ensemble....
Quel est ce bruit ?

ROSALBE.

                Le peuple en tumulte s'assemble
Sur la route où bientôt monseigneur passera.

LA MARÉCHALE.

Le peuple, à son passage , en tremblant se taira.

SCÈNE XIII.

LA MARÉCHALE, MARIE DE MÉDICIS.

MARIE DE MÉDICIS.

Je vous vais avouer un étrange caprice,
Pour que vous en soyez, Léonore, complice :
Je vous puis faire part... Nous sommes sans témoins?..

LA MARÉCHALE.

Écoutez-moi d'abord, un seul instant du moins :
Une affaire d'État!.... Parlons, je vous en prie,
A la régente avant de répondre à Marie.

MARIE DE MÉDICIS.

J'entends : c'est un reproche, et sur mon front joyeux
Ma naissance et mon rang se cachent à vos yeux.

LA MARÉCHALE.

Faites-les mieux valoir ! Un rival qui nous blesse
Accuse impunément notre oubli de faiblesse :
Luynes à la régente espère succéder.

MARIE DE MÉDICIS.

Le trône est à mon fils.

LA MARÉCHALE.

　　　　　　　Sachons le lui garder.
Ce Luyne osera tout : plus son crédit augmente,
Plus son ambition, plus son orgueil fermente.
Croyez-en mes avis : s'il ne tombe aujourd'hui,
Demain nos coups perdus n'iront plus jusqu'à lui.

MARIE DE MÉDICIS.

Notre grand-fauconnier est-il si redoutable?

LA MARÉCHALE.

Le roi peut-être un jour le fera connétable.

MARIE DE MÉDICIS.

Quel sort, en attendant, lui réserverez-vous?

LA MARÉCHALE.

L'exil.

MARIE DE MÉDICIS.

Qui l'a rendu digne de ce courroux?....

LA MARÉCHALE.

Vraiment! quand l'orgueilleux à la couronne aspire!
Quand sous le nom du roi contre nous il conspire!..
Veuve du grand Henri, j'y songe en frémissant,
Si quelque Ravaillac....

MARIE DE MÉDICIS.

Ah! qu'ils prennent mon sang,
Les monstres, qui m'ont fait répandre tant de larmes!

LA MARÉCHALE.

Peut-être me livré-je à de vaines alarmes;
Mais un pressentiment les venant réveiller,
Sur vos jours précieux c'est à moi de veiller;
Et je dois conserver, en mon zèle affermie,
Une reine à la France, à mon cœur une amie.

MARIE DE MÉDICIS.

Qu'une amie est habile à nous persuader!
A vos conseils aussi, qu'il m'est doux de céder!

Celui que la justice au châtiment désigne,
Je ne le défends pas.

LA MARÉCHALE, *lui présentant un papier.*

Eh bien ! signez....

MARIE DE MÉDICIS.

Je signe.

LA MARÉCHALE (*à part*).

Luyne est donc exilé ! je n'ai plus de rival !

MARIE DE MÉDICIS.

Mon fils a-t-il reçu monsieur le maréchal ?

LA MARÉCHALE.

Madame, je le crois.... Cette heureuse entrevue
Va rendre à ce royaume une paix imprévue ;
Mon époux, dont l'envie a suspecté la foi,
Sera justifié dans les bras de son roi.

MARIE DE MÉDICIS.

Mais vous montrerez-vous à mes désirs rebelle ?...
Vous connaissez de nom la sorcière Isabelle....

LA MARÉCHALE.

La sibylle d'Arcueil ? Je dois me souvenir
De cette empoisonneuse : oui, je l'ai fait punir !

MARIE DE MÉDICIS.

Elle est là : vous plaît-il d'apprendre de sa bouche,
Dans l'obscur avenir, un secret qui vous touche ?

LA MARÉCHALE.

On dit qu'aux noirs esprits la lie un pacte affreux,
Et l'ignorance craint son pouvoir ténébreux....

MARIE DE MÉDICIS.

D'une noire tristesse hier l'âme remplie,
Vous me disiez en pleurs : « Ah ! je vous en supplie,
« Laissez-moi vous quitter ! que j'échappe au trépas !....
« Non, des murs de Paris je ne sortirai pas ! »
Pour dissiper le deuil dont se voile votre âme,
J'ai fait secrètement amener cette femme ;
Elle excelle à tirer des horoscopes sûrs :
Vous ne douterez plus de vos destins futurs.

LA MARÉCHALE.

Mais d'un sort assez doux vos bontés me répondent....

MARIE DE MÉDICIS.

Bien que j'abhorre un art que les enfers secondent,
La curiosité se mêle à ma terreur.
   (*Elle va ouvrir la porte de son oratoire.*)
Isabelle, venez.

LA MARÉCHALE, *allant s'asseoir.*

Que je plains son erreur !

SCÈNE XIV.

La MARÉCHALE, MARIE DE MÉDICIS, ISABELLE.

ISABELLE, *avec mélancolie.*

De mes sombres travaux pourquoi m'avoir distraite ?
C'en est fait ! à jamais j'ai quitté ma retraite !

MARIE DE MÉDICIS.

N'êtes-vous pas ici sous ma protection ?

ISABELLE.

J'en aurai grand besoin dans l'accusation
D'empoisonnement....

MARIE DE MÉDICIS.

Ciel !

ISABELLE.

Qui pèse sur moi.... Reine,
Que veux-tu maintenant que le démon t'apprenne ?

MARIE DE MÉDICIS.

Vos paroles, dit-on, par un charme puissant,
Charment le vague ennui que notre cœur ressent ?

ISABELLE.

Tu demandes un philtre ?

MARIE DE MÉDICIS.

Et l'avenir.

ISABELLE.

Ton culte
N'est donc point ennemi de la science occulte,
Qu'au sortir de la messe ?.....

MARIE DE MÉDICIS.

Ah ! pas d'impiété !....
On vous a de ma part promis....

ISABELLE.

En vérité,
Je m'embarrasse peu de ton or : j'en sais faire....
Çà, donne-moi ta main ; le reste est mon affaire.

MARIE DE MÉDICIS.

Mais ce n'est point pour moi que je vous fais venir...

ISABELLE.

Tu pourrais regretter de savoir l'avenir!

MARIE DE MÉDICIS.

Dans les secrets d'en haut si vos yeux savent lire,
La maréchale d'Ancre....

ISABELLE.

        Eh quoi! dans son délire,
Elle s'adresse à moi!....

LA MARÉCHALE.

       Parlez avec respect!....

ISABELLE, *apercevant la maréchale.*

C'est elle!... je crois voir l'enfer à son aspect!...
Voilà l'Italienne à la France funeste!

LA MARÉCHALE.

J'excuse ta folie.... Éloigne-toi!

ISABELLE.

       Je reste.
Eh bien! Galigaï, tu vas savoir ton sort :
Dans un moment, des fers, et dans deux mois, la mort!

LA MARÉCHALE.

Malheureuse!

ISABELLE.

      Sais-tu, Galigaï maudite,
Que naguère par moi ta chute fut prédite?

Sais-tu que tes bourreaux, malgré mes cheveux blancs,
Ont sur ce corps débile usé leurs fouets sanglans,
Et que Paris m'a vue, aux affronts condamnée,
Sur la claie infamante en spectacle traînée?...
Ma haine a devancé la haine des Français!...
Depuis, ta tyrannie est allée à l'excès,
Et le Ciel en est las!

LA MARÉCHALE.

Le Ciel!.... Elle blasphème,

Et mérite le feu!

ISABELLE.

Le feu t'attend toi-même!

LA MARÉCHALE, *allant ouvrir la porte de la galerie.*

Messieurs!

SCÈNE XV.

LES MÊMES, SOLDATS DE LA GARDE ITALIENNE DE LA
MARÉCHALE.

MARIE DE MÉDICIS, *bas à la maréchale.*

Qu'allez-vous faire?... Au nom de l'amitié,
Sauvez-la!....

LA MARÉCHALE.

Quel objet d'une indigne pitié!
(*Aux gardes.*)
Veillez sur cette femme!

ISABELLE, *à la maréchale.*

As-tu peur que je fuie?

(*A Marie de Médicis.*)

Sur ta promesse, reine, Isabelle s'appuie :
Sous ta protection je suis en sûreté.

LA MARÉCHALE, *à la reine.*

La voulez-vous laisser aller en liberté?

ISABELLE.

Aussi bien, tôt ou tard on me doit brûler vive...
(*A part.*)
Ah ! ce serait pour moi jouissance bien vive,
Si la mort de Conchine en ce jour avait lieu !
(*On entend plusieurs coups de pistolet.*)
Entends-tu ?

MARIE DE MÉDICIS.

N'est-ce pas un bruit d'armes à feu ?

ISABELLE.

La France est délivrée, il a cessé de vivre !

LA MARÉCHALE, *aux gardes.*

A la Bastille !

ISABELLE.

Adieu ! Dans peu tu m'y vas suivre !

SCÈNE XVI.

LA MARÉCHALE, MARIE DE MÉDICIS.

MARIE DE MÉDICIS.

Que se passe-t-il donc?... Je succombe à l'effroi!

LA MARÉCHALE.

Sans sujet. Moi, je suis calme....

LE PEUPLE (*au dehors*).

Vive le roi!

LA MARÉCHALE (*à part*).

Ces cris ne partent pas pourtant à la rencontre
De Concini....

MARIE DE MÉDICIS.

Mon fils à son peuple se montre.
(*A part.*)
Quel sang a-t-on versé!

LA MARÉCHALE (*à part*).

Si Luyne était vainqueur!...
Cette pensée est là comme un poids sur mon cœur...
Des pas précipités!... c'est Concini sans doute!...
Deslandes!.... je ne sais quel malheur je redoute!

SCÈNE XVII.

LA MARÉCHALE, MARIE DE MÉDICIS,

LE PRÉSIDENT DESLANDES.

DESLANDES, *à la reine.*

Madame, à leur fureur hâtez-vous d'échapper !

LA MARÉCHALE.

Mais quel péril soudain nous vient envelopper ?...

DESLANDES, *à la maréchale.*

Et vous surtout fuyez !

LA MARÉCHALE.

Moi fuir, lorsque j'ignore !...

DESLANDES.

Vous apprendrez trop tôt !...

MARIE DE MÉDICIS.

Suivez-moi, Léonore !....

DESLANDES.

Ils accourent ici !....

LA MARÉCHALE.

Qui donc ?

DESLANDES.

Les assassins !

MARIE DE MÉDICIS.

Ciel !

DESLANDES, *à la maréchale.*

J'aurais arrêté leurs criminels desseins
Si vous l'eussiez voulu....

LA MARÉCHALE.

Luynes n'est pas capable?....

MARIE DE MÉDICIS.

Le maréchal....

DESLANDES.

Est mort !

LA MARÉCHALE.

Ah ! que je suis coupable !

DESLANDES.

Cachez-vous, cachez-vous ! ils vous tueraient aussi !

LA MARÉCHALE.

Ils l'ont assassiné !

DESLANDES.

Madame, les voici !

LA MARÉCHALE, *à la reine.*

Ma garde italienne autour de vous rangée....
(*Elle va à la porte du fond.*)
Tout a fui!... Quoi! sa mort ne serait pas vengée!

SCÈNE XVIII.

LES MÊMES, M. DE LUYNES, COURTIN,
GENTILSHOMMES, ARCHERS DE LA GARDE DU ROI.

LA MARÉCHALE.

Luynes !

M. DE LUYNES, *aux soldats.*

Gardez la porte !

LA MARÉCHALE.

Il ose devant moi !....

M. DE LUYNES, *à la maréchale.*

Je vous arrête ici, madame, au nom du roi !

FIN DU PREMIER ACTE.

ACTE DEUXIÈME.

Une galerie du Louvre.

25 avril 1617.

SCÈNE PREMIÈRE.

LE DUC D'ÉPERNON , THÉOPHILE.

LE DUC D'ÉPERNON.

(*Il se présente à la porte des appartemens du roi, et les gardes-
du-corps de service lui en refusent l'entrée.*)

Luynes depuis hier est donc inaccessible!

THÉOPHILE , *qui le suivait par derrière.*

Quand Python est vaincu , Phœbus est invisible !...
Et moi , monsieur le duc, je brigue la faveur
De rendre hommage en vers à notre dieu sauveur :
Je viens de composer une ode à sa louange.
(*A part.*)
Elle était faite hier... C'est un nom que j'y change.
(*Haut.*) Hier j'eusse voulu me pousser jusqu'à lui;
Mais je serai , je crois , plus heureux aujourd'hui !

LE DUC D'ÉPERNON.

Monsieur Luyne est encor chez le roi?

THÉOPHILE.

                              Sur mon âme !
On vous trompe : à cette heure il est à Notre-Dame
Avec Sa Majesté.

LE DUC D'ÉPERNON.

                J'attendrai son retour.

THÉOPHILE.

Combien d'événemens réunis en un jour !

LE DUC D'ÉPERNON.

Concini ne vit plus ; mais j'ignore le reste.

THÉOPHILE (*en confidence*).

Luynes l'a fait tuer, c'est un bruit manifeste.

LE DUC D'ÉPERNON.

Depuis que mes amis du conseil sont exclus,
Les intrigues de cour ne m'intéressent plus ;
Mon grand âge s'endort dans cette indifférence....
Pourvu que cette mort soit utile à la France...

THÉOPHILE.

Je veux, monsieur le duc, fidèle narrateur,
De cet événement vous faire spectateur.
Ce n'est pas de ces coups qu'un poète exécute ;
Mais, le tyran à bas, je célèbre sa chute.
Le maréchal, qu'au Louvre hier le roi mandait,
Semblait ne craindre pas le sort qui l'attendait,
Quand, marchant escorté de valets et de gardes,
Entre le peuple et lui brillaient cent hallebardes.
On l'a vu toutefois, en proie à ses soucis,

Au seuil de son hôtel s'arrêter indécis ;
Et lorsqu'il avisa , de cadavres chargée ,
La potence qui fut par son ordre érigée
Sur le Pont-Neuf, devant l'image du feu roi ,
Il mesura la route avec un œil d'effroi.
Le peuple, dont la haine est un fatal présage,
D'un silence insultant l'accueille à son passage.
Or d'un grand coup d'état s'achèvent les apprêts,
Et, choisis par le roi, les conjurés sont prêts.
Conchine se présente à la porte du Louvre ;
Elle est ouverte : au fond , d'un regard il découvre
Un long rang de canons et des soldats armés.
Il hésite et pâlit.... Ses amis alarmés
Veulent loin du péril l'entraîner dans leur fuite :
Lui, cachant un soupçon, a devancé sa suite ;
Mais avant qu'il arrive au bout du Pont-Dormant,
Monsieur de Luynes dit tout haut : « C'est le moment ! »
Alors sortent du Louvre, avec maints cris sinistres,
Des volontés du roi les dévoués ministres.
Conchine contre tous est seul ; sa garde a fui :
Vingt dagues, vingt mousquets, sont tournés contre lui.
Le chef des conjurés, Vitry soudain s'élance :
« —Je vous arrête.— Moi ! » D'Ancre un instant balance ;
La main sur son épée, il ne se rendra point :
Un coup de pistolet part à brûle-pourpoint ;
Puis, d'autres à la fois.... D'Ancre tombe... On l'outrage,
Et sur son corps gisant insensible à leur rage,
Grands seigneurs et laquais se donnent le plaisir ,
Tout mort qu'il soit déjà, de frapper à loisir.
« Sus , sus au Florentin !.... » Ce cri s'élève et roule.

D'un balcon du palais, aux yeux du peuple en foule
Le jeune roi se montre, et son nom répété
Annonce un nouveau règne à Paris enchanté.

LE DUC D'ÉPERNON.

Un poète, monsieur, dans les récits excelle.

THÉOPHILE.

J'aime, monsieur le duc, à vous prouver mon zèle.
(*A part.*)
Je sais me ménager de puissans protecteurs.

LE DUC D'ÉPERNON.

De ce hardi complot nomme-t-on les auteurs ?

THÉOPHILE.

Ils se nomment eux-même, et déjà le monarque
A de sa gratitude offert plus d'une marque :
Luynes sera créé duc et pair.

LE DUC D'ÉPERNON.

        On le dit.

THÉOPHILE.

A ce choix glorieux tout Paris applaudit.
Vitry sera bientôt fait maréchal de France
Et chevalier de l'Ordre.

LE DUC D'ÉPERNON.

        Il en a l'espérance.

THÉOPHILE.

Duhallier, Dutravail, Persan, d'autres encor
Ont reçu des présens, des titres et de l'or.

LE DUC D'ÉPERNON.

Voilà ses assassins riches de sa dépouille !
Le temps effacera tout le sang qui les souille.

THÉOPHILE (*à part*).

Ne regrette-t-il pas la mort d'un ennemi !
(*Haut.*)
Le roi, qui maintenant voit son trône affermi,
Cherche des conseillers.

LE DUC D'ÉPERNON.
                    Où les trouver ?

THÉOPHILE.
                            Il flotte
Entre les noms divers que la faveur ballotte :
Jeannin et Sillery, Duvair et Villeroi.

LE DUC D'ÉPERNON.

La maréchale d'Ancre est, par ordre du roi,
Dans une salle basse au Louvre prisonnière ?...

THÉOPHILE.

La Galigaï touche à son heure dernière :
Sans forme de procès, de nuit, on la pendra.

LE DUC D'ÉPERNON.

Non : sur un échafaud son sang se répandra !

THÉOPHILE.

On dit pourtant (la cour en faux bruits est prodigue,
Et l'écho que j'en fais peut-être vous fatigue ?)
Que le roi, pénétré de sentimens chrétiens,
La chasse du royaume en confisquant ses biens.

LE DUC D'ÉPERNON.

Et la mère du roi ?....

THÉOPHILE.

La reine se retire
Dans un cloître où, dit-on, sa piété l'attire.

LE DUC D'ÉPERNON, *entendant venir M. de Luynes.*

Mon ami, voilà tout ce que j'en veux savoir.

THÉOPHILE (*à part*).

Il a dit : Mon ami !.... S'il remonte au pouvoir...
Monsieur de Luynes vient : commençons en poète.

LE DUC D'ÉPERNON (*à part*).

Puissé-je atteindre enfin le but que je souhaite !

SCÈNE II.

LE DUC D'ÉPERNON, THÉOPHILE, M. DE LUYNES.

M. DE LUYNES (*dans le fond*), *à des gens de justice.*

Tel est l'ordre du roi : que l'on jette en prison
Ses parens, ses amis, les gens de sa maison ;
Et quiconque oserait d'une voix déloyale
Blâmer, même en secret, la justice royale,
Sera puni de mort.

LE DUC D'ÉPERNON (*à part*).

Quel langage hautain !
Ce parvenu d'un jour !...

M. DE LUYNES, *aux huissiers.*

Cherchez monsieur Courtin.

THÉOPHILE, *à M. de Luynes.*

Monseigneur, à vos pieds humblement je dépose
Le miel que pour les dieux le Parnasse compose :
  (*Il déclame.*)
      Luynes, de qui le nom fameux
      Vole jusqu'aux glaces de l'Ourse,
      Tandis que le Nil écumeux
      L'apprend aux échos de sa source....

M. DE LUYNES, *l'interrompant.*

Vos vers sont beaux, monsieur, je n'en saurais douter ;
Mais dans un autre instant je les veux écouter.
Vrai Dieu ! dès le début votre génie éclate !
Pour vous prouver combien cet hommage me flatte,
Je vous nomme intendant de la meute du roi.

THÉOPHILE.

Voilà pour un poète un merveilleux emploi !

SCÈNE III.

M. DE LUYNES, LE DUC D'ÉPERNON.

M. DE LUYNES.

L'importun !... J'ai du moins congédié sa muse.
Je veux qu'à ses dépens toute la cour s'amuse.
    (*Il se dispose à entrer chez le roi.*)

LE DUC D'ÉPERNON, *l'arrêtant.*

Monsieur, agréerez-vous les vœux d'un vieil ami ?

M. DE LUYNES.
(A part.)

Ah! monsieur d'Épernon!... Mon plus grand ennemi!

LE DUC D'ÉPERNON.

Vous ne m'attendiez pas?.... Dans les murs d'Angoulême
Ma vieillesse a trouvé la retraite qu'elle aime.

M. DE LUYNES.

Après vos longs travaux le repos vous est dû.

LE DUC D'ÉPERNON.

Mais l'appel de l'honneur est toujours entendu :
Je venais (nos deux cœurs étaient d'intelligence)
Affranchir notre roi du joug de la régence.
Sans en être jaloux j'applaudis vos succès :
Le Florentin est mort de la main d'un Français!

M. DE LUYNES (*à part*).

De ces beaux sentimens je connais l'imposture :
D'Épernon se veut-il faire ma créature?

LE DUC D'ÉPERNON.

Le malheur de la France en ce jour est fini,
Puisque vous succédez au traître Concini.

M. DE LUYNES.

Monsieur le duc....

LE DUC D'ÉPERNON.

Le roi, fort de sa confiance,
Vous donne à gouverner son inexpérience ;
Et sous votre tutèle, à son peuple chéri
Sa Majesté rendra le règne de Henri.
C'est vous qui, sous son nom, allez régner au Louvre....

M. DE LUYNES (*à part*).

L'ambitieux ! enfin son espoir se découvre !

LE DUC D'ÉPERNON.

Croyez-en l'amitié qui dicte mes avis :
D'Ancre vivrait encor s'il les avait suivis.
Mon ami, vous savez que de la politique
J'ai fait sous quatre rois une rude pratique ;
Or, vous initiant à ses secrets, je pui
Vous prêter au conseil un formidable appui.
Nous allons prolonger, éterniser l'enfance
Du jeune roi...

M. DE LUYNES.

　　　　Monsieur, votre audace m'offense !
Je devrais, écoutant mon devoir.... Devant moi
Un autre eût insulté la personne du roi,
Il était mort !

LE DUC D'ÉPERNON, *la main sur son épée.*

　　　　Par Dieu! vengez donc cet outrage.

M. DE LUYNES.

Je ne doutai jamais, duc, de votre courage...
Mais vous m'avez ouvert votre cœur sans détour :
Souffrez que je vous offre un avis à mon tour.

LE DUC D'ÉPERNON.

On voit que vous sortez de la fauconnerie !

M. DE LUYNES.

Je n'y rentrerai pas... Trève de raillerie !...
Mais de Paris le roi vous avait exilé ?

Répondez-moi, monsieur : qui vous a rappelé
D'Angoulême?

LE DUC D'ÉPERNON.

Et c'est vous à qui je dois répondre !

M. DE LUYNES (*à part*).

En présence du roi je le voudrais confondre !

LE DUC D'ÉPERNON.

Monsieur de Luyne, adieu. Nous nous retrouverons...
Nous sommes ennemis?

M. DE LUYNES.

Toujours nous le serons !

LE DUC D'ÉPERNON.

A moins que le hasard ou l'intérêt nous lie !...
Souhaitez que long-temps dans l'exil on m'oublie !

SCÈNE IV.

LE DUC D'ÉPERNON, M. DE LUYNES,
MARIE DE MÉDICIS.

LE DUC D'ÉPERNON.

La reine !...

M. DE LUYNES (*à part*).

Que veut-elle ?

LE DUC D'ÉPERNON (*à demi-voix*), *à Marie de Médicis*.

Ah ! madame, c'est vous !...

L'un et l'autre le sort nous frappe de ses coups...
Que Votre Majesté pour la servir m'appelle ,
Je ramène à ses pieds un serviteur fidèle !

SCÈNE V.

M. DE LUYNES , MARIE DE MÉDICIS.

MARIE DE MÉDICIS.

Monsieur.... (*A part.*) C'est l'assassin du maréchal, je croi...
Je suis seule avec lui !... Mon Dieu ! sortons !...

M. DE LUYNES.

Le roi

De son appartement a défendu l'entrée....

MARIE DE MÉDICIS.

Quoi ! monsieur....

M. DE LUYNES.

De regrets mon âme est pénétrée ;
Mais par vous ce refus me sera pardonné ,
Car tel est l'ordre exprès que le roi m'a donné.

MARIE DE MÉDICIS.

Dans cet ordre sa mère est au moins exceptée ?...

M. DE LUYNES.

A la porte du roi vous aurais-je arrêtée ,
Madame ?... Un jour a fait d'étranges changemens !...
Nous eûmes quelque part à ces événemens,

Et vrais amis du roi, la France nous convie
A garder contre tous sa précieuse vie.

MARIE DE MÉDICIS.

Et voilà le motif qui vous fait refuser !...
Sa mère !...

M. DE LUYNES.

Loin de moi de prétendre accuser !...
Le roi fut si long-temps esclave, qu'il se venge :
En ordonnant la mort de Concini...

MARIE DE MÉDICIS.

Qu'entends-je !

M. DE LUYNES.

Il a sauvé l'État, sa couronne et ses jours.
Sa défiance est juste : il fut trahi toujours.
Il va donc, essayant le poids du diadème,
Par la grâce de Dieu régner enfin lui-même !

MARIE DE MÉDICIS.

Oui, monsieur, dès hier la régence a cessé,
Et j'en prends à témoin tout ce qui s'est passé....
Mais, monsieur, vous, du roi le conseiller intime,
Quand m'accorderez-vous un droit bien légitime,
Celui de voir mon fils ?

M. DE LUYNES.

Moi... De Sa Majesté,
Madame, je ne peux prévoir la volonté...
Si Votre Majesté seulement le commande,
A l'oreille du roi je porte sa demande.

MARIE DE MÉDICIS.

Je ne suis plus régente !

M. DE LUYNES.

Un sujet dévoué

Attend vos ordres....

MARIE DE MÉDICIS.

Quoi !

M. DE LUYNES.

Par vous-même avoué,

Que ne puis-je servir votre cause, madame,
Les armes à la main, comme de cœur et d'âme?...
(*A part.*)
Son esprit faible et doux est déjà subjugué...
C'est encore un pouvoir que d'Ancre m'a légué.

MARIE DE MÉDICIS.

J'accepte les secours qu'un bon sujet me prête :
Monsieur, auprès du roi soyez mon interprète :
Il est une faveur que je n'ose espérer...

M. DE LUYNES (*à part*).

Ah ! pour sa maréchale elle va m'implorer.

MARIE DE MÉDICIS.

A la pitié du roi ma prière s'adresse :
Pour la marquise d'Ancre il connaît ma tendresse ;
Son époux a péri par un lâche attentat,
L'infortunée...

M. DE LUYNES.

Elle est prisonnière d'État.

MARIE DE MÉDICIS.

Pourquoi ne m'a-t-on pas arrêtée avec elle?

M. DE LUYNES.

Le roi m'attend, madame, et malgré tout mon zèle...

MARIE DE MÉDICIS.

Pourquoi la cache-t-on, monsieur, à mes regards?...
Et partout des soldats, sans respects, sans égards,
Étendent jusqu'à moi leur vigilance active!...
On dit Galigaï dans le Louvre captive?

M. DE LUYNES.

Dans le Louvre, est-il vrai?

MARIE DE MÉDICIS.

Vous le devez savoir.

M. DE LUYNES.

Je l'ignore pourtant.

MARIE DE MÉDICIS.

Si je pouvais la voir!...

M. DE LUYNES.

Vous, madame!...

MARIE DE MÉDICIS.

Oui, son sort me cause trop d'alarmes...
Mon fils ne sera point inflexible à mes larmes!
(Elle se dirige vers l'appartement du roi.)

M. DE LUYNES (à part).

Mais il faut qu'à tout prix je l'éloigne du roi :

C'est encore un enfant, on surprendrait sa foi !
(*Il rejoint la reine à l'entrée de l'appartement et l'arrête.*)
(*Haut.*)
Vos désirs sont un ordre, et pour les satisfaire
Mon entier dévoûment se résigne à tout faire :
La maréchale d'Ancre.... Eh bien ! vous la verrez !

MARIE DE MÉDICIS.

Est-il possible ! quand ?

M. DE LUYNES.

Ce soir.

MARIE DE MÉDICIS.

Quoi ! vous pourrez !...

M. DE LUYNES.

Vous la verrez, ce soir ; mais sans vous faire injure,
Avec soumission tout bas je vous conjure
D'éviter votre fils irrité contre vous,
Et de me laisser seul apaiser son courroux.

MARIE DE MÉDICIS.

J'eusse donné mon sang pourvu que je la visse !...
Léonore, à ce soir !... Monsieur, un tel service
Me prouve que j'étais injuste à votre égard :
Je ne puis le payer maintenant, mais plus tard...
Adieu. N'oubliez pas, monsieur, votre promesse !
(*A part.*)
Nous, pour Galigaï faisons dire une messe.

SCÈNE VI.

M. DE LUYNES, *seul.*

Dieu soit loué ! j'ai fait du chemin en un jour !
D'Ancre régnait hier, à présent c'est mon tour.
Toujours d'un plein succès l'audace fut suivie,
Lorsque pour réussir on met en jeu sa vie.
Enfin que mon destin soit ou bon ou mauvais,
Je l'accepte d'avance avec calme, et je vais
Marcher à la puissance ou bien à ma ruine...
Ah ! je pousserai loin la fortune de Luyne !
Le roi, ne rêvant plus que chasses et plaisirs,
S'en remet à moi seul de ses joyeux loisirs :
Le fils, sous mes leçons, n'imite point son père !...
Si, comme le présent, l'avenir m'est prospère...

SCÈNE VII.

M. DE LUYNES, COURTIN.

M. DE LUYNES.

Enfin !... Monsieur Courtin obéit lentement !
Je vous fis appeler ?

COURTIN.

      Monsieur, mon dévoûment

Atteste...

M. DE LUYNES.

C'est assez ; je ne veux rien entendre.
Tâchez une autre fois de vous moins faire attendre.

COURTIN (*à part*).

Voilà donc des grandeurs l'inévitable effet ,
L'ingratitude !

M. DE LUYNES.

Eh bien ! parlez : qu'avez-vous fait ?

COURTIN.

Vos ordres sont remplis , monsieur.

M. DE LUYNES.

Je te rends grâce ,

Cher Courtin !

COURTIN (*à part*).

Et bientôt peut-être ma disgrâce !
(*Haut.*)
J'ai mis aux mains du roi , sans qu'on me résistât ,
Les biens du maréchal , dont j'ai dressé l'état.

M. DE LUYNES.

Après ?

COURTIN.

Ses serviteurs , ses amis et sa garde ,
Lui mort , tous avaient fui de son hôtel...

M. DE LUYNES , *montrant son ordre du Saint-Esprit.*

Regarde :

Pour m'enchaîner à lui , le roi me décora
Du collier de son ordre.

COURTIN (*à part*).

Et moi, l'on m'oublira !...

(*Haut.*)

J'en suis heureux pour vous, monseigneur...

M. DE LUYNES.

Continue.

COURTIN.

Je n'ai rien fait sceller avant votre venue.
L'hôtel d'Ancre, où le peuple allait tout dévaster,
Renferme des trésors qu'on ne saurait compter
En meubles précieux, glaces, tapisseries,
Tableaux, vaisselle d'or et d'argent, pierreries...

M. DE LUYNES.

Moi qui suis héritier de Concini, Courtin,
Je te promets d'avance une part du butin.

COURTIN.

Des jours de son épouse enfin vous êtes maître,
Monseigneur !... Ce papier me reste à vous remettre.

M. DE LUYNES, *après avoir lu.*

On m'exilait, Courtin !... Ce papier, d'où vient-il ?
Dis !

COURTIN.

Sur la maréchale on l'a saisi.

M. DE LUYNES.

L'exil !
A moi l'exil !... L'arrêt fut signé par la reine !

Toutes deux paîront cher !... La vengeance m'entraîne...
Son nom remplacera le mien dans cet arrêt !...

COURTIN.

Si de la reine-mère aussi l'on s'assurait ?

M. DE LUYNES, *sans l'écouter.*

Non , ce n'est point assez punir la maréchale :
Du sang, pour acquitter cette dette fatale !

COURTIN.

Avec justice au moins vous pouvez vous venger :
Laissez au parlement le soin de la juger.

M. DE LUYNES.

Mais quels crimes, Courtin?

COURTIN.

                    On en créera sans peine ;
C'est à vous seulement de nous fixer la peine.

M. DE LUYNES.

La mort !

COURTIN.

        Moi j'y pensais. Alors accusons-la
De haute trahison , magie... oui, c'est cela :
Elle aura le bûcher que les lois lui promettent.

M. DE LUYNES.

Comment prouverons-nous ?...

COURTIN.

                    Bon ! les témoins s'achètent :
Je vous en trouverai nombre des mieux appris

Qui, jusqu'aux faux sermens, vendent tout à bas prix...
J'y songe, la Conchine en nos lacs s'entortille :
Par son ordre on a mis hier à la Bastille
La sibylle d'Arcueil, et le procès s'instruit :
Nous pourrons employer Isabelle avec fruit ;
Pour cette misérable il n'est pas d'infamie,
S'il faut gagner de l'or et perdre une ennemie.

M. DE LUYNES.

La plus prompte vengeance est la meilleure enfin !

COURTIN.

L'affaire dans deux mois peut tirer à sa fin.

M. DE LUYNES.

Deux mois !

COURTIN.

Encor doit-on agir sans paix ni trève ;
Et nous la brûlerons vive en place de Grève.
(*Cris dans la rue.*)

M. DE LUYNES.

Quel tumulte, Courtin !

COURTIN.

Eh quoi ! vous vous troublez ?
(*Il va au balcon.*)

LE PEUPLE.

Mort au maréchal d'Ancre !

M. DE LUYNES.

A ces cris redoublés,
Tout Paris se soulève !

COURTIN.

Oui, mais contre un cadavre.

Voyez...

M. DE LUYNES, *au balcon.*

Ah! Concini!... Ce spectacle me navre!...
Qui donc leur a livré?...

COURTIN.

Personne. Dépouillé
De ses habits, sanglant, et de crachats souillé,
Le corps du maréchal hier resta dans l'ombre
Du petit jeu de paume; et quand la nuit fut sombre,
Sans croix ni luminaire et d'un prêtre escorté,
Il fut à Saint-Germain l'Auxerrois transporté,
Et jeté sans cercueil dans une fosse ouverte
Que de plâtre et de chaux on eut bientôt couverte;
Mais des laquais ayant exhumé Concini,
Le bas peuple, à ces gens maintenant réuni,
Promène par la ville avec clameurs féroces
Ce cadavre en lambeaux.

M. DE LUYNES.

Que leurs jeux sont atroces!

LE PEUPLE.

Au gibet du Pont-Neuf!

COURTIN.

Ils ne le craignent plus!
Vivant, ils l'ont maudit par des pleurs superflus;
Mort, sur son corps meurtri, leur rage qui s'enivre

Se venge de l'avoir si long-temps laissé vivre.
Qu'importe que d'un mort ils se fassent bourreaux?
C'est leur plaisir à eux. A travers les ruisseaux
Qu'ils traînent en hurlant ces restes qu'ils abhorrent,
Qu'ils les foulent aux pieds, même qu'ils les dévorent!...

                           (*Nouveaux cris.*)

M. DE LUYNES.

Faites-les taire!

COURTIN.

               Non, sachez qu'en cet instant
Quelqu'un de sa prison sans doute les entend.

FIN DU DEUXIÈME ACTE.

ACTE TROISIÈME.

Une salle basse du Louvre.

25 avril 1617.

SCÈNE PREMIÈRE.

LA MARÉCHALE D'ANCRE, *à la fenêtre grillée du fond.*

A travers ces barreaux vainement je regarde :
Personne encor....

UNE SENTINELLE , *au dehors.*

Qui vive?

LA MARÉCHALE.

On relève la garde.
(*Elle quitte la fenêtre.*)
Voilà tantôt deux jours que Luyne et ses agens
Me retiennent ici contre le droit des gens !
Seule dans cette salle en prison transformée ,
De tout ce qui se passe , hélas! suis-je informée!
L'assassin sera-t-il selon les lois puni?
Poursuivra-t-on sur moi le nom de Concini ?
Si je pouvais savoir !... Combien l'incertitude
Redouble les tourmens de mon inquiétude !...

Luynes règne à ma place!... Un jour d'adversité
A détruit sept ans d'heur et de prospérité!...
Luyne !... Ah! pour un seul jour que mon étoile change !
J'accepte tous les maux pourvu que je me venge!...
Hier objet d'envie, aujourd'hui de pitié,
Mon Dieu! tout me trahit, tout, même l'amitié !
La régente, s'armant d'une volonté ferme,
A ma captivité pourrait bien mettre un terme :
Si pour me consoler elle venait du moins!...
Mon mortel déplaisir ne veut pas de témoins!...
Moi, répandre des pleurs comme une faible femme!...
Ludovico... Son sort épouvante mon âme!...
Mon père reconnu, peut-être son trépas....
Non, non, mes ennemis ne le connaissent pas ;
Quand on nous séparait, la régente elle-même
Jura protection à ce vieillard qu'elle aime...
Je tremble cependant pour lui, pour un secret
Qui de honte à la cour certes me couvrirait...
Fille d'un artisan !.... Son silence m'importe :
Le ridicule en France est une arme si forte!...
Personne n'a paru.... Voici venir la nuit!...

(*On entend parler à demi-voix derrière la tapisserie.*)

PREMIÈRE VOIX.

Ouvrez !

DEUXIÈME VOIX.

J'écoute encor.

PREMIÈRE VOIX.

Je n'entends aucun bruit.

LA MARÉCHALE.

N'a-t-on point parlé bas ?

DEUXIÈME VOIX.

                        Mais si l'on vous arrête,
Ne me dénoncez pas !

PREMIÈRE VOIX.

                J'en réponds sur ma tête !

LA MARÉCHALE.

En veut-on à mes jours ?

DEUXIÈME VOIX.

                        Adieu. Puisse le sort
Vous garder de la hart ! En touchant ce ressort
La porte s'ouvre.

PREMIÈRE VOIX.

                Entrons !

LA MARÉCHALE.

                        La voix s'est approchée....
Dans la tapisserie une porte cachée !...
O Ciel ! dois-je déjà rejoindre mon époux !...
On entre !... Un homme seul !

SCÈNE II.

LA MARÉCHALE, LUDOVICO.

LUDOVICO.

Léonora !

LA MARÉCHALE.

C'est vous !...
Que je ressens de joie en vous voyant !

LUDOVICO.

Silence !
Gardons-nous d'éveiller la sombre vigilance
Des archers allemands qui rôdent sans soupçon,
L'arquebuse allumée, autour de ta prison !...
Tu vas fuir avec moi.

LA MARÉCHALE.

Que dites-vous, mon père !

LUDOVICO.

Cette issue et la nuit te sauveront, j'espère.

LA MARÉCHALE.

Comment avez-vous donc pénétré jusqu'à moi ?

LUDOVICO.

Avec de l'or.

LA MARÉCHALE.

La reine ?...

LUDOVICO.

Elle pleure sur toi.

LA MARÉCHALE.

Ce n'est que par des pleurs qu'elle m'a défendue !

LUDOVICO.

Elle n'est plus régente , hélas !

LA MARÉCHALE.

Je suis perdue !

LUDOVICO.

Suis-moi sans plus tarder !

LA MARÉCHALE.

Dans quelle intention ?

LUDOVICO.

On prépare déjà ta condamnation !

LA MARÉCHALE.

Et qui donc vous a dit ?...

LUDOVICO.

Cette triste nouvelle
A la haine du peuple en courant se révèle ,
Et par les carrefours une infâme chanson
Accuse ton malheur de haute trahison.
Je n'ai que trop appris le sort qu'on te réserve !...
Enfin le seul espoir qu'à présent je conserve ,
C'est la fuite...

LA MARÉCHALE.

On croirait que j'ai peur de la mort !

Dans tous mes souvenirs je n'ai pas un remord :
Qu'on hâte mon supplice ou bien qu'on le diffère,
Ce que j'ai fait, je suis encor prête à le faire.

LUDOVICO.

Oui, mais le parlement dans peu te jugera.

LA MARÉCHALE.

Suis-je pas innocente ?

LUDOVICO.

Il te condamnera !
Tant d'ennemis puissans sont nés de ta fortune !...
L'occasion de fuir ce soir est opportune :
Demain nous ne saurions sans doute retrouver
Ces momens précieux qui te peuvent sauver !
Le roi te voudra-t-il faire grâce ?...

LA MARÉCHALE.

A quel titre
Ma grâce ?... De mon sort Luynes est seul arbitre,
Et s'il ose achever sa vengeance... il le peut :
Je l'exilais hier ! c'est ma perte qu'il veut...
La honte si je fuis, et la mort si je reste !...
Restons ! ce dernier choix est encor moins funeste...
Et vous, mon père, adieu ! hâtez-vous de partir !

LUDOVICO.

Seul !... Sans toi de ces lieux je ne veux pas sortir ;
Ma destinée enfin se rattache à la tienne...
Dis : crois-tu que ta vie à présent t'appartienne ?...
            (Il étale des vêtemens de femme qu'il avait apportés.)
Tu consens, n'est-ce pas ?... Mets ce déguisement...

A quoi bon hésiter? nous n'avons qu'un moment !
Je connais le mot d'ordre, et sans qu'on nous découvre,
Avec l'aide du Ciel, nous sommes hors du Louvre !
D'ailleurs, j'ai grande foi dans le secours divin
De la Vierge, et jamais on ne la prie en vain....
Ah! viens donc, viens chercher contre l'ingrate France
Un refuge à la cour du grand-duc de Florence :
Comme il te recevra d'un accueil empressé !
C'est l'oncle de la reine ; il t'aime....

LA MARÉCHALE.

                      Je le sai;
Et pourtant, par sa nièce oubliée ou trahie,
Plus mon malheur est grand, plus je me vois haïe.
Qu'on m'aille condamner, en France, je le vois,
Personne en ma faveur n'élèvera la voix !...
Et je balancerais !... Fatal orgueil, arrière !...
La maréchale d'Ancre essaie une prière !
      (*Elle s'assied devant une table et écrit.*)

LUDOVICO.

Chaque instant que tu perds est un danger de plus !
Ma fille, quels projets as-tu donc résolus ?

LA MARÉCHALE.

Vous le voyez : j'écris.

LUDOVICO.

               Et pourquoi cette lettre ?

LA MARÉCHALE.

Au grand-duc de ma part vous la devez remettre.

LUDOVICO.

Moi !

LA MARÉCHALE.

Mes jours vous sont chers ?

LUDOVICO.

N'en doute pas !

LA MARÉCHALE.

Eh bien !

De les sauver c'est moi qui vous offre un moyen.

LUDOVICO.

Tout me sera facile ! Ah ! parle : que ferai-je ?

LA MARÉCHALE.

Mon père, partez seul, et que Dieu vous protége !
Si l'effort que je tente est suivi de succès,
Je suis sans crainte, on peut commencer mon procès ;
Que la protection du grand-duc m'environne :
On traitera pour moi de couronne à couronne.
Peut-être, songez-y, ma vie est désormais
Attachée à l'écrit qu'en vos mains je remets.

LUDOVICO.

Ta résolution est-elle irrévocable ?...
Un noir souci s'élève en mon cœur, et l'accable
Comme si nous allions nous quitter pour long-temps.

LA MARÉCHALE.

Puissiez-vous revenir, et qu'il soit encor temps !

LUDOVICO.

Adieu donc !

LA MARÉCHALE, *le retenant.*

O mon père, une si longue route
A besoin de secours qui vous manquent sans doute :
Prenez ces bracelets, cet or, ces diamans...
Enfin je sens le prix de ces vains ornemens !

LUDOVICO.

Ah ! reçois pour garant d'un destin plus prospère
Les bénédictions d'un vieillard et d'un père!...
Un pouvoir invisible arrête encor mes pas,
Et j'entends une voix qui me dit : « Ne pars pas ! »

UNE SENTINELLE (*au dehors*).

Qui vive ?

LA MARÉCHALE.

Adieu... Sortez !... Que je suis alarmée !

LUDOVICO (*ne retrouvant plus la porte secrète par laquelle
il est entré*).

La porte en retombant sur moi s'est refermée...
Malheureux ! qu'ai-je fait !

LA MARÉCHALE.

Sortez ! on vient ici !

LUDOVICO.

Ma fille !...

LA MARÉCHALE.

Gardez-vous de m'appeler ainsi !

LUDOVICO, *courant çà et là.*

Où me vais-je cacher ?...

LA MARÉCHALE.

Non, non : à cette place.
(*Elle le fait asseoir devant la table.*)
(*A part.*)
Pas un mot, pas un geste!... Ah! tout mon sang se glace!

SCÈNE III.

LA MARÉCHALE, LUDOVICO, COURTIN.

COURTIN.

Messieurs du parlement ne sont donc pas venus?
Au nom du roi pourtant on les a prévenus
De se rendre en ces lieux pour l'interrogatoire...
S'ils refusaient!... Le cas serait grave et notoire!...
Cet homme, quel est-il?

LA MARÉCHALE.

Je ne le connais point.
Vous devez être instruit mieux que moi sur ce point.
Quel ordre en ma prison a pu le faire admettre?...
C'est un des gens de Luyne... Il faut bien me soumettre!

COURTIN, *bas à Ludovico.*

Pourquoi de prime abord ne me pas avertir?

LA MARÉCHALE.

Dans ses piéges adroits il voulait m'investir...
Il a bien accompli sa mission infâme;
Mais il ne vendra pas les secrets de mon âme...

Au nom de la justice et de l'humanité,
Faites que mon malheur, monsieur, soit respecté !
Ordonnez, s'il vous plaît, que cet homme s'éloigne !

COURTIN, *bas à Ludovico, qu'il conduit vers la porte.*

Sors ; dans la galerie attends que je te joigne...
Pour tout autre que moi ton rôle est un secret...
Çà, compère espion, si tu n'es pas discret,
Tu pourras au gibet porter ta tête chauve.

LA MARÉCHALE (*à part*).

Tu m'as bien inspirée, ô mon Dieu ! je le sauve !

COURTIN, *retenant Ludovico.*

Mais non : demeure encor ; j'ai changé d'avis.

LA MARÉCHALE.

Quoi !...

(*A part.*)
Aurait-il des soupçons ?

COURTIN, *à Ludovico.*

On a besoin de toi.

(*A part.*)
Interrogeons-la seul : je pourrai, sans contrainte,
Surprendre plus d'aveux qu'on ne ferait par crainte.
Puisque le parlement néglige ses devoirs...
Luynes entre mes mains a mis ses pleins-pouvoirs,
Et sa protection m'encourage à tout faire.

LA MARÉCHALE (*à part*).

Il regarde mon père... O Ciel !...

COURTIN (*à part*).

Dans cette affaire

Ce misérable enfin est l'homme qu'il me faut.
Essayons de trouver l'innocence en défaut.
 (Haut.)   *(Désignant la table à Ludovico.)*
Prenez place. Écrivez ce que je vais vous dire.

LA MARÉCHALE.

J'ai le droit de me plaindre... et veux me l'interdire.

COURTIN, *dictant.*

« L'an seize cent dix-sept, vingt-cinq avril, au soir,
« Nous Courtin, conseiller, ayant droit et pouvoir,
« Avons interrogé dans la forme légale
« La maréchale d'Ancre... »

LA MARÉCHALE.

      Audace sans égale !

COURTIN, *dictant.*

« Veuve du Florentin Concino Concini. »
    (Ludovico jette sa plume.)

LA MARÉCHALE.

Montrez-moi les pouvoirs dont vous êtes muni ?

COURTIN.

Le roi....

LA MARÉCHALE.

    N'abusez pas de ce nom respectable !
De tout ce qu'on fera je vous rends responsable.

COURTIN, *à Ludovico.*

Vous n'avez rien écrit !... J'ai dicté cependant ?

LA MARÉCHALE.

Son exemple pour vous est un conseil prudent.

COURTIN.

Misérable, obéis !... Je viens de t'en prescrire
(*Ludovico reste immobile et muet.*)
L'ordre... Répondras-tu ?...

LUDOVICO.

Je ne sais pas écrire.

SCÈNE IV.

LA MARÉCHALE, LUDOVICO, COURTIN,

LE PRÉSIDENT DESLANDES.

LA MARÉCHALE (*à part*).

Qu'il arrive à propos !

COURTIN (*à part*).

Le maudit contre-temps !

DESLANDES.

Monsieur, je vous cherchais.

COURTIN.

Monsieur, je vous attends.

DESLANDES.

Certes le sieur de Luyne, en sa fière entreprise .
Du bon plaisir du roi faussement s'autorise,

Lorsqu'il ose mander Messieurs du parlement
Aux fins d'interroger et mettre en jugement
Madame ici présente !

LA MARÉCHALE.

Et c'est moi qu'on accuse !...

COURTIN.

Ainsi donc, je le vois, le parlement refuse
D'obéir ?...

DESLANDES.

A monsieur de Luyne.

COURTIN.

Au roi plutôt.

DESLANDES.

N'employez point ici le nom du roi !

COURTIN.

Bientôt
La grand'chambre apprendra le respect que demande
L'ordre du roi...

DESLANDES.

Monsieur, que le roi nous commande,
Et dans son parlement, pour servir ses projets,
Il trouvera toujours de fidèles sujets.

COURTIN.

Cependant monseigneur le premier gentilhomme
De la chambre du roi, de par le roi, vous somme
D'intenter un procès de lèse-majesté ;
La justice le veut....

DESLANDES.

Dites l'iniquité.

COURTIN.

L'intérêt de l'État....

DESLANDES.

La haine et la vengeance
Sous ce semblant sacré frappent d'intelligence.

COURTIN.

Enfin le roi, vous dis-je...

DESLANDES.

Ah ! je ne vous crois pas :
Sa grande âme ne peut désirer le trépas
D'une femme innocente et trop infortunée,
Expiant dans les fers sa haute destinée.
La clémence d'ailleurs est la vertu des rois.

COURTIN.

On vous saura forcer d'exécuter les lois !

DESLANDES.

Monsieur, nous sommes prêts : que des lettres royales
Remettent cette femme entre nos mains loyales ;
Le parlement alors, d'un zèle indépendant,
Se rassemble à la voix de son vieux président.
Mais avant ce procès, plût à Dieu que j'obtinsse
De donner un conseil à notre jeune prince !

COURTIN.

Eh ! quel est ce conseil ?

DESLANDES.

D'en fuir de dangereux.

COURTIN (*à part*).

En perdant ce vieillard que je serais heureux !
Sa rigide vertu m'importune et me brave :
Mes plans réussiraient, et lui seul les entrave.

LA MARÉCHALE, *bas à Deslandes.*

(*montrant Ludovico.*)
Je n'ai d'espoir qu'en vous !... Sauvez cet homme !

DESLANDES (*à demi-voix*).

Moi !

LA MARÉCHALE.

Croyez-en l'intérêt que trahit mon émoi...
Le danger est pressant, l'occasion urgente....
Au nom de l'infortune, au nom de la régente !...

COURTIN, *à Ludovico.*

Vous, suivez-moi !...

LA MARÉCHALE, *bas à Deslandes.*

Monsieur, oh ! ne le souffrez pas !...

DESLANDES, *à Ludovico.*

(*A Courtin.*)
Demeurez. De quel droit suivrait-il donc vos pas ?

COURTIN.

Comment, monsieur ! cet homme ?...

DESLANDES.

Est sous ma sauvegarde.

COURTIN (*avec un geste de menace*).

Malgré vos cheveux blancs, Deslandes, prenez garde !

SCÈNE V.

LES MÊMES, EXCEPTÉ COURTIN.

LA MARÉCHALE, à *Deslandes.*

Que ne vous dois-je pas, mon digne et vieil ami !...
Mais ne me rendez pas un service à demi :
Ce Courtin n'est plus là ; quand vers Luynes son maître
Il s'en va machiner quelque crime à commettre,
Ne perdons pas de temps, prévenons son retour !...

DESLANDES.

Madame, vous m'allez dévoiler sans détour
Ce mystère...

LA MARÉCHALE.

   Il faut donc qu'ici je vous apprenne...
Qu'en sauvant ce vieillard vous servirez la reine.
Qu'il sorte seulement du Louvre en liberté !
Le reste ne tient pas à notre volonté.

DESLANDES.

Servons Sa Majesté, puis nous verrons ensuite.
 (*A Ludovico.*)
Vous, prenez ces papiers et marchez à ma suite
En silence, à pas lents, le front dans le manteau.
Je ne vous quitterai qu'aux portes du château.

LA MARÉCHALE.

Merci ! Je savais bien que vous aviez de l'âme !

DESLANDES.

Sauver un innocent est un devoir, madame...
Vous pleurez tous les deux!...

LA MARÉCHALE, *à Ludovico.*

Ah! que la main de Dieu,
Bon vieillard, vous conduise et vous ramène!... Adieu!

SCÈNE VI.

LA MARÉCHALE (*allant à la fenêtre du fond*).

Je le suivrai des yeux... La garde les entoure...
Pourvu qu'en ce péril son guide le secoure!...
Le président leur parle... On les laisse passer!...
Ils sont loin!... Cependant je ne puis me lasser,
Bien qu'ils aient disparu, de regarder encore....
Ciel! il m'a semblé... Non... La crainte me dévore!...
Tout est calme à l'entour : il n'est rien arrivé...
Mon père maintenant est ou pris ou sauvé!...
Ce bruit d'armes, ces voix, ces flambeaux.. Plus de doute!..
Je voudrais me cacher tout ce que je redoute !

SCÈNE VII.

LA MARÉCHALE, MARIE DE MÉDICIS.

(Les gardes suisses qui ont introduit la reine se retirent aussitôt.)

MARIE DE MÉDICIS.

Léonore !

LA MARÉCHALE.

C'est vous , madame , qui venez
Visiter la prison où vous m'abandonnez !

MARIE DE MÉDICIS.

Pauvre Galigaï, cet injuste reproche
Devrait-il donc troubler l'instant qui nous rapproche ?
Je n'ai plus le pouvoir que vous me présumiez ,
Et j'ai fait avant vous les vœux que vous formiez....
O séparation triste autant qu'imprévue !...
On nous permet pourtant cette courte entrevue :
Je viens avec douleur vous faire mes adieux.

LA MARÉCHALE.

Vous partez ?...

MARIE DE MÉDICIS.

Du Conseil tel est l'ordre odieux.

LA MARÉCHALE.

Et vous , de mes soupçons qui blâmiez la chimère
Quand Luynes soulevait le fils contre sa mère !
Vous n'osez l'accuser encore ?...

MARIE DE MÉDICIS.

                    C'est par lui
Que le roi m'accorda de vous voir aujourd'hui.

LA MARÉCHALE.

Le bourreau peut offrir sa victime en spectacle...
A ses hardis desseins vous allez mettre obstacle?

MARIE DE MÉDICIS.

Que veut-on que je fasse, hélas!... mon fils est roi.

LA MARÉCHALE.

Dans le malheur, votre âme est plus faible, je croi!...
Le lieu de votre exil, vous daigne-t-on l'apprendre?

MARIE DE MÉDICIS.

Oui : sous un faux prétexte on m'invite à me rendre
Dans le château royal de la ville de Blois.

LA MARÉCHALE.

Ainsi d'un favori vous subissez les lois!...
Et vous me délaissez!... C'est vous faire complice
De ces beaux justiciers qui rêvent mon supplice!

MARIE DE MÉDICIS.

Si vous me pouviez suivre, au moins je partirais
Exempte de remords, peut-être de regrets....
Hélas! vous ignorez quels crimes on vous prête!
Le bruit court que déjà votre procès s'apprête...

LA MARÉCHALE.

Les juges tout à l'heure étaient dans ma prison.

MARIE DE MÉDICIS.

On va vous accuser de haute trahison !

LA MARÉCHALE.

Je m'en étonne peu : ce crime imaginaire
D'une grande disgrâce est la suite ordinaire.

MARIE DE MÉDICIS.

Du crime de magie on vous ose flétrir !

LA MARÉCHALE.

On peut me condamner et me faire périr :
J'oppose à mes bourreaux un front imperturbable ;
Mais qu'on choisisse au moins un crime plus probable :
Nous sommes, Dieu merci ! loin de ces temps grossiers
Où, pour perdre les gens, on les disait sorciers.

MARIE DE MÉDICIS.

En frémissant pour vous, mon esprit se rappelle
Ce que vous a prédit la sorcière Isabelle !

SCÈNE VIII.

LA MARÉCHALE, MARIE DE MÉDICIS, M. DE
LUYNES, LE PRÉSIDENT DESLANDES, COURTIN.

M. DE LUYNES, à *Deslandes*.

Monsieur le président, votre juste respect
Pour les lois de l'État ne peut m'être suspect :

Pour que le parlement à nos vœux se conforme,
On lui fera tenir demain, selon la forme,
Un ordre exprès du roi, du grand scel revêtu.

DESLANDES.

Le parlement fera son devoir.

M. DE LUYNES, *bas à Courtin.*

Entends-tu,
Courtin? le parlement proclame sa défaite :
Il est à nous!   (*Haut, à la reine.*)
Madame, êtes-vous satisfaite?
Ai-je tenu parole, et Votre Majesté
Doutera-t-elle encor de ma fidélité?

LA MARÉCHALE.

N'insultez pas en face à votre souveraine!...
Vous qui vous déclarez si fidèle à la reine,
Dites-lui seulement qui frappa Concini?

M. DE LUYNES.

Les serviteurs du roi.

LA MARÉCHALE.

Le meurtre est impuni?

M. DE LUYNES.

Le roi sait reconnaître un courageux service.

LA MARÉCHALE.

Monsieur, l'assassinat veut que la loi sévisse :
Je poursuivrai le crime en parlement, partout!...

M. DE LUYNES.

Qui le condamnera, lorsque le roi l'absout ?
Or, comme ce procès pourra se faire attendre,
Vous, au lieu d'accuser, songez à vous défendre.
Vous n'exilerez pas vos juges !

LA MARÉCHALE (*à part*).

Saurait-il ?...

M. DE LUYNES.

Certe un arrêt de mort vaut un arrêt d'exil ?

MARIE DE MÉDICIS, *à M. de Luynes.*

Jusqu'à quand de mon fils verrai-je qu'on m'écarte ?

M. DE LUYNES.

Avant que de Paris Votre Majesté parte,
Elle pourra du roi prendre congé demain.

DESLANDES, *bas à la maréchale.*

J'ai laissé ce vieillard poursuivre son chemin :
La nuit l'a mis bientôt hors de danger, je pense.

LA MARÉCHALE.

Vous êtes son sauveur, Dieu vous en récompense !

MARIE DE MÉDICIS, *à la maréchale.*

Je ne trouve partout que des ingrats... Tout fuit
L'aspect contagieux du malheur qui me suit.
Léonore, aujourd'hui, notre sort est le même :
Nous n'avons plus d'amis, et pas un flatteur même !

TOME.

7

M. DE LUYNES , *à la reine.*

A Votre Majesté sans doute il convient peu
De rester plus long-temps en un semblable lieu.
(*A Courtin, en désignant la maréchale.*)
Courtin , vous conduirez madame à la Bastille.

LA MARÉCHALE (*à part*).

Mon père, à son retour, reverra-t-il sa fille!

FIN DU TROISIÈME ACTE.

ACTE QUATRIÈME.

La chambre de la Tournelle criminelle.

8 juillet 1617.

SCÈNE PREMIÈRE.

MARIE DE MÉDICIS, LE PRÉSIDENT DESLANDES.

DESLANDES.

Je blâme vos projets, madame, en y cédant.
(Ouvrant une porte.)
Voici le cabinet du premier président :
Votre Majesté peut, de là, sans être vue,
Voir la fin d'un procès qui n'est que trop prévue !

MARIE DE MÉDICIS.

Dieu ne permettra pas qu'il en arrive ainsi !...
La Cour doit ce matin se réunir ici ?

DESLANDES.

Les Grand'Chambre, Tournelle et de l'Édit ensemble
Vont prononcer l'arrêt.

MARIE DE MÉDICIS.

Quel sera-t-il ?

DESLANDES.

Je tremble !
Monsieur de Luyne, aidé du conseiller Courtin,
Provoque cet arrêt et le rend trop certain.
Faudra-t-il qu'oubliant son caractère auguste,
Notre parlement dicte une sentence injuste !

MARIE DE MÉDICIS.

La maréchale, en mai, quand je partis pour Blois
Était à la Bastille ?

DESLANDES.

Oui, mais depuis deux mois
A la Conciergerie elle fut amenée :
Je compris qu'elle était d'avance condamnée.
Courtin, qui fut chargé d'instruire son procès,
L'interrogea six fois et tenta sans succès
De changer en aveux des réponses frivoles :
Il ne put détourner le sens de ses paroles.
Enfin aux faux témoins la vengeance eut recours :
L'or de Luyne a payé leur indigne secours.
Déjà, depuis deux jours, les débats continuent,
Et contre elle, il est vrai, les charges s'atténuent.
En l'accusation de lèse-majesté,
Pour preuve de son crime on a représenté
Des lettres de sa main, dans ses papiers laissées,
Et d'autres, de Madrid et de Vienne adressées :
Ces lettres, qu'on explique en torturant les mots,
Ne prouvent nulle part que, pour de noirs complots,
La maréchale d'Ancre ait à sa convenance
Taillé le pauvre peuple, épuisé la finance,

Mis le royaume en guerre, et tout en désarroi,
Soudoyé, caressé les ennemis du roi,
Et même follement haussé son espérance
Jusqu'à porter la main sur le sceptre de France.
Certes, s'ils ne s'armaient d'artifices plus forts,
Tous ses accusateurs y perdraient leurs efforts :
On l'accuse (et ce crime est puni par les flammes)
De lèse-majesté divine....

MARIE DE MÉDICIS.
Les infâmes!

DESLANDES.

Tout absurde qu'elle est, cette accusation
Peut-être entraînera la condamnation.

MARIE DE MÉDICIS.

Mais vous ne croyez pas Léonore capable ?...

DESLANDES.

La magie est toujours plus vaine que coupable :
On impute ce crime aux gens qui n'en ont pas.

MARIE DE MÉDICIS.

C'est une impiété bien digne du trépas !...
Le procès à huis-clos sera jugé sans doute ?

DESLANDES.

Le bien veut des témoins, mais le mal les redoute.

MARIE DE MÉDICIS.

Cette nuit, quel que soit l'arrêt du parlement,
Pour retourner à Blois je pars secrètement :
Repartirai-je, hélas! joyeuse ou désolée!

DESLANDES.

Partir sans voir le roi?

MARIE DE MÉDICIS.

Suis-je pas exilée !
Ah ! si mon fils apprend que sans son bon plaisir
J'ai quitté la prison qu'il me daigna choisir,
Il me fera chercher comme une fugitive,
Comme une criminelle, et ramener captive,
Jusqu'à Blois, par les gens de sa garde...

DESLANDES.

Jamais,
Madame, votre fils....

MARIE DE MÉDICIS.

Ah ! combien je l'aimais !...
En partant pour l'exil, lorsque j'allais me plaindre,
Par un ordre barbare il osa me contraindre
A le remercier de ses bontés pour moi :
Je n'avais plus de fils, et j'obéis au roi !

DESLANDES.

Ce n'est pas le moment de vous laisser abattre....

MARIE DE MÉDICIS.

Et je suis cependant la veuve d'Henri quatre !...
On vous a raconté ce fatal entretien ?
Je pleurais, et mon fils gardait un froid maintien ;
Luynes parlait pour nous, et je pus me résoudre
A supplier le roi qu'il me voulût absoudre
Des maux que ma régence avait faits à l'État !...

Je m'accusai long-temps, et sans qu'il m'arrêtât....
Enfin lasse d'un rôle inventé pour ma honte,
Du sang de Concini je lui demandai compte :
Le croirez-vous?... Avec un regard de dédain,
Sans répondre un seul mot, il s'éloigna soudain.

DESLANDES.

La conduite du roi mérite moins de blâme
Que les conseils trompeurs qui l'égarent, madame....
Mais dans son tribunal la Cour est près d'entrer...
Que Votre Majesté n'aille pas se montrer !...
(*Il introduit la reine dans le cabinet, dont il ferme la porte.*)
(*A part.*)
Peut-être importe-t-il que le parlement sache
Qu'un auguste témoin à ses regards se cache.

SCÈNE II.

Le président DESLANDES, LE PARLEMENT.

L'HUISSIER.

La Cour !

DESLANDES.

Ici, messieurs, nous ne sommes pas tous ?
Cet oubli du devoir n'est pas digne de nous.

COURTIN.

Monsieur de Bachaumont est parti pour sa terre.

DESLANDES.

Et monsieur Levasseur ?

Mᵉ MULART.

                    Sa santé, qui s'altère,
Réclame du repos.

COURTIN.

                    Messieurs de Caumartin
Se sont, vous le savez, récusés ce matin.

Mᵉ MULART.

Messieurs Marc et Lebret ont suivi leur exemple.

DESLANDES.

Songeons qu'en cet instant la France nous contemple.
Ceux d'entre nous, messieurs, qui se sont absentés
Hier encor pourtant siégeaient à mes côtés :
Leur absence est coupable, et d'elle va dépendre
Ou des jours à sauver ou du sang à répandre.

COURTIN.

Sans doute que déjà dans leur droite équité
Ces messieurs regardaient l'arrêt comme porté ?

DESLANDES.

Vous les jugez bien mal ! Pour moi, je les accuse
D'une timidité qu'il est vrai rien n'excuse ;
Mais devant l'injustice ils ont fui, sans oser
A son honteux triomphe en face s'opposer,
Et chacun d'eux a dit comme autrefois Pilate :
« Je m'en lave les mains ! »

COURTIN.

                    Nous aussi, je m'en flatte.

(Pendant que la Cour prend place, Courtin parle à l'oreille de plusieurs conseillers.)

(Au premier.)

On vous fait un pont d'or pour passer président.

(Au second.)

Vous serez anobli, monsieur de Luyne aidant.

(Au troisième.)

Une grasse abbaye est pour vous désignée.

(Au quatrième.)

Une pension vient de vous être assignée.

Me MULART, bas à Courtin.

Avons-nous réussi, Courtin ?

COURTIN.

Succès complet :
Ton fils est nommé juge au Petit-Châtelet.

Me MULART.

Ah ! ma reconnaissance....

COURTIN.

Aujourd'hui se signale :
N'es-tu pas curateur pour notre maréchale ?
J'en ai l'espoir, Mulart ; nous serons triomphans.

Me MULART.

La Conchine mourra, puisque je la défends !
(Les conseillers sur leurs siéges.)

SCÈNE III.

LES MÊMES, M. DE LUYNES.

L'HUISSIER.

Monsieur de Luynes!
(*Tout le monde se lève et se découvre, excepté Deslandes.*)

DESLANDES (*à part*).

Luyne! Ici que va-t-il faire?

M. DE LUYNES.

De grâce, couvrez-vous, messieurs, ou je préfère
Me retirer....

DESLANDES.

Messieurs, mettez, puisqu'on le veut....

M. DE LUYNES.

Je viens de voir le roi; sa clémence s'émeut
Pour cette Italienne à vos arrêts livrée,
Quand la France respire à peine délivrée :
Qu'en dites-vous, messieurs ? Sa Majesté déjà
Se dispose à sauver celle qui l'outragea!

DESLANDES.

Pardonner est d'un roi le plus beau privilége.

M. DE LUYNES.

Oui, jusqu'à cette femme impie et sacrilége
Le roi très-chrétien daigne étendre sa bonté.
Vous, messieurs, agissez avec sévérité.

Un arrêt rigoureux doit effrayer le crime,
Bien que Galigaï n'en sera point victime ;
Car le roi, satisfait de votre jugement,
Remplacera la mort par le bannissement.

DESLANDES.

Les lois, monsieur, les lois sont toute notre force.
Il n'est pas de pouvoir assez grand, qui nous force
De rendre un jugement inique....

M. DE LUYNES.

                        Je le croi ;
Mais on explique mal l'intention du roi :
C'est vous qu'il a chargés du soin de la vengeance ;
Ne lui ravissez point celui de l'indulgence.
Offrez un grand exemple aux traîtres à venir ;
Laissez Sa Majesté faire grâce ou punir.

DESLANDES.

Faisons notre devoir d'une âme droite et ferme ;
Notre devoir... Voyez ce que ce mot renferme.

M. DE LUYNES.

A votre sagesse, oui, j'aime à m'en rapporter,
Et nous verrons l'arrêt que vous allez porter.
        (Bas à Courtin qui le reconduit.)
La mort ! entendez-vous ? La grâce qu'elle rêve,
Elle l'aura ce soir....

COURTIN , souriant.

            Sur la place de Grève !

SCÈNE IV.

LE PARLEMENT.

DESLANDES.

Messieurs, de l'Esprit-Saint implorons les clartés.
Avant de prononcer votre arrêt, écartez
Toutes les passions dont l'âme est abusée....
(*Silence pendant la prière.*)
L'audience est ouverte!... Amenez l'accusée !

SCÈNE V.

LES MÊMES, LA MARÉCHALE.

COURTIN , *bas à Mulart.*

Proche de l'échafaud , elle n'a pas quitté
Son masque de grandeur et d'intrépidité.

LA MARÉCHALE, *à demi-voix.*

Il faut donc d'accusée encor jouer le rôle ?

DESLANDES, *se levant.*

Le juge-rapporteur Courtin a la parole.

COURTIN , *debout, lit.*

« Troisième et dernier chef de l'accusation
Dont au procès-verbal il est fait mention.
Léonora Dori.... »

LA MARÉCHALE.

Rapporteur, je vous somme
De coucher mon vrai nom dans cet acte.

COURTIN.

On vous nomme ?

LA MARÉCHALE.

Galigaï.

COURTIN.

Ce nom n'est point à vous....

LA MARÉCHALE

Tout beau !
Vous ne l'ôterez pas du moins à mon tombeau.

DESLANDES, à *Courtin.*

Dites Galigaï.

COURTIN, *continuant sa lecture.*

« Native de Florence,
Veuve du marquis d'Ancre et maréchal de France
Concino Concini (de qui pareillement
Devant vous la mémoire est mise en jugement),
Soit accusée encor des crimes d'athéisme,
Pactes avec l'Enfer, magie et judaïsme.
    Une enquête ordonnée et faite en son hôtel
Par nous à ce nommé, le résultat fut tel :
    Dans l'oratoire étaient deux images de cire
Ayant air et couleur de gens qu'on vient d'occire,
Représentant la reine et son mari défunts,
Dans des cercueils de cèdre où brûlaient des parfums.

Avons ouvert un coffre orné d'une peinture
De sorcières ayant des balais pour monture,
Et l'avons trouvé plein de cercles, de compas,
Et d'instrumens divers que l'on ne connaît pas.

    Dans un réduit secret, propice aux noirs mystères,
Avons énuméré maints globes planétaires,
Poisons, parchemin vierge, herbe à jeter les sorts,
Cheveux coupés la nuit sur la tête des morts,
Débris de loup-garou, de serpent, de grenouille,
Et deux poignards rongés d'une sanglante rouille.

    Enfin au cabinet de feu le maréchal,
Étaient signes certains de leur art infernal,
Comme livres sacrés dans la loi judaïque,
Amulettes, grimoire en langage hébraïque,
Force anneaux constellés, et de plus, en ce lieu
l'as un seul crucifix, voire de priez-Dieu!

    Dont procès fait selon ces charges péremptoires :
Ladite maréchale aux interrogatoires
A nié constamment avoir entretenu
Commerce avec l'Enfer pour criminel tenu;
Mais elle ne saura cacher sa forfaiture,
Si l'on use à propos de gêne et de torture.

    Suit le procès-verbal des dépositions
De témoins, différens d'états, de nations;
Savoir : Philippe Acquin; la sorcière Isabelle,
Prise chez l'accusée et complice d'icelle;
Duchatelet, faiseur d'horoscopes; Pascal,
Rabbin juif; Vicenti, scribe du maréchal;
Delaplace, Chartier et Viart, domestiques
Menant chez Concini de damnables pratiques;

Côme Ruger ; plusieurs Ambroisiens de Nancy ;
Et d'autres dont pour cause on tait les noms ici.
    Avons, de par le roi, contre la maréchale
Requis et requérons la peine capitale. »

DESLANDES.

Madame, à votre tour, maintenant répondez.

LA MARÉCHALE.

Je n'ai rien à répondre.

COURTIN, *au greffier qui n'écrit pas.*

                    Et bien ! vous entendez....

DESLANDES, *au greffier.*

Un moment.
(*A la maréchale.*) Voulez-vous que la loi vous répute
Coupable des forfaits qu'ici l'on vous impute ?
Innocente ou coupable, avec austérité
Dites la vérité, rien que la vérité ;
Songez-y, le silence est un mauvais refuge !
Par déférence au moins pour la Cour qui vous juge,
Et si ce n'est pour vous, que ce soit par pitié
Pour qui vous garde encore une même amitié,
Parlez, défendez-vous !

LA MARÉCHALE.

                    Messieurs, je m'y résigne.
L'humiliation, à vrai dire, est insigne.
Comment ! vous n'êtes point indignés comme moi
Des mensonges honteux qu'on forge au nom du roi !
M'accuser de magie ! il faut que l'on se joue,
Messieurs, du parlement ou de moi, je l'avoue.

Où donc est la justice? où donc l'humanité?
Le ridicule seul passe l'iniquité.
Et moi, que répondrai-je aux faits que vous allègue
Luynes représenté par Courtin, son collègue
En infamie?...

COURTIN.

Eh quoi ! vous souffrez, président....

DESLANDES.

Madame, modérez un transport imprudent.

LA MARÉCHALE.

Enfin maître Courtin m'accuse, et je proteste
Contre la fausseté de tout ce qu'il atteste.
Plût à Dieu que les jours de la reine et du roi
N'eussent pas d'ennemis plus dangereux que moi !
Car j'ai prié pour eux, au pied de ces images
Qu'on dit être à l'Enfer d'idolâtres hommages :
C'étaient la Sainte Vierge avec son divin fils,
Et de l'encens brûlait devant le crucifix.

COURTIN.

Je déclare....

DESLANDES *l'interrompant.*

Courtin, silence !...

COURTIN.

Elle vous trompe.

DESLANDES.

Madame, poursuivez sans qu'on vous interrompe.

LA MARÉCHALE.

Ce coffre astrologique, et tout ce qu'il contient,
Au docteur Montalto de Venise appartient :
Il me le confia, quand la haine et l'envie
En le chassant de France abrégèrent sa vie ;
Or, que ces instrumens soient criminels ou non,
Comme vous, j'en ignore et l'usage et le nom.
Ose-t-on bien traiter de secrets diaboliques,
Des cheveux de ma mère, et de saintes reliques !
Quant au mystérieux et magique appareil
Que l'on vous a décrit, messieurs, rien de pareil
N'a pu dans mon hôtel se trouver d'aventure :
C'est une abominable, une lâche imposture,
Vraiment digne en tout point des esprits ténébreux ;
Ces chiffres, ces anneaux et ces livres hébreux,
Oui, je les désavoue, et même j'imagine
Que celui qui les vit connaît leur origine...
Je n'ose en mon bon droit, messieurs, me confier ;
Mais j'en ai dit assez pour me justifier.
J'attends donc maintenant ma sentence prochaine !...
Vous, messieurs, dépouillez tout sentiment de haine,
Si dans un autre temps, qui n'est pas loin de nous,
Peut-être à mon insu, j'offensai l'un de vous ;
Épargnez-moi pourtant, et je vous en conjure,
La pitié que je tiens à l'égal d'une injure :
Car je suis innocente et je parais ici,
Messieurs, pour demander justice et non merci !

DESLANDES.

Madame, avez-vous dit ?

LA MARÉCHALE.

Oui.

DESLANDES.

Vous pourrez répondre
Aux témoins.

LA MARÉCHALE.

Jusqu'à quand me verrai-je confondre
Avec ces êtres vils qui mentent sans rougir,
Et que Luyne à prix d'or contre moi fait agir?
Mais, pour grande d'ailleurs que soit leur insolence,
Je ne daignerai pas sortir de mon silence.

DESLANDES.

Huissier, introduisez les témoins devant nous.

SCÈNE VI.

LES MÊMES, PHILIPPE ACQUIN, ISABELLE,

TÉMOINS.

ISABELLE (*à part*).

Voilà Galigaï! que son malheur m'est doux!
Démons! sur la sellette elle est plus fière encore!
Ah! comme un feu d'enfer ma haine me dévore:
Je voudrais de sa vie à loisir disposer!

DESLANDES, *à Courtin.*

Appelez les témoins : avant de déposer,

Ils prêteront serment , la main sur le saint livre :
Malheur aux faux témoins si le Ciel nous les livre !

COURTIN.

Philippe Acquin.

PHILIPPE.

Présent.

COURTIN.

A la cour , de bon gré ,
Dites ce que déjà vous avez déclaré.

PHILIPPE.

Je le veux. (*Il prête serment.*)

COURTIN.

Vous étiez premier valet-de-chambre
De la maréchale?

PHILIPPE.

Oui.

COURTIN.

Mais au mois de décembre
N'avez-vous pas quitté sa maison ?

PHILIPPE.

Oui.

COURTIN.

Pourquoi?

PHILIPPE.

Tout ce qui s'y passait m'inspirait trop d'effroi.

COURTIN.

Et que s'y passait-il?

PHILIPPE.

J'avais dans l'oratoir
Vu des larmes de sang rougir le Christ d'ivoi
On entendait la nuit, en ces murs profanés,
Les rires des démons et les cris des damnés,
Et toujours d'un esprit l'invisible passage
Comme un souffle de glace errait sur mon visage.
Si je voulais prier, je demeurais sans voix,
Et d'horreur mon missel se fermait sous mes doigts.
Mes chapelets bénis en charbons se trouvèrent;
Mainte fois, sous mes pieds, des flammes s'élevèrent:
Enfin je dus céder à Dieu qui m'invitait
A fuir une maison que l'enfer habitait.

COURTIN.

Vîtes-vous l'accusée observer quelque rite
D'une religion idolâtre et proscrite?

PHILIPPE.

Sans doute. L'an passé, le juif vénitien
Montalto, médecin et grand magicien,
Vint à Paris, selon le désir de madame,
Dont il sauva le corps malade au prix de l'âme.
Que Dieu sauve la sienne à présent qu'il est mort!
La maréchale et lui conjuraient sans remord
Les puissances du mal, démons et mauvais anges.
Un soir, je fus témoin de mystères étranges:
Tous deux sacrifiaient à l'enfer un coq blanc

Couronné de pavots, et, les mains dans son flanc,
Jetaient des cris aigus, des mots cabalistiques
Qui faisaient naître en l'air des lueurs fantastiques.

COURTIN.

L'accusée allait-elle aux églises souvent ?

PHILIPPE.

Avant sa maladie, elle allait au couvent
Des pères Augustins, les dimanches et fêtes ;
Mais, de retour, lisait Moïse et les prophètes.

COURTIN.

Ne chômait-elle pas le samedi ?

PHILIPPE.

                        Vraiment
Elle se renfermait en son appartement.

COURTIN.

N'avez-vous rien à dire encor ?

PHILIPPE.

                        Non, que je sache.

COURTIN.

Il suffit : à ces faits l'évidence s'attache.

DESLANDES, *à la maréchale.*

Eh bien ! que tardez-vous, madame, à les nier ?
Si quelqu'un se hasarde à vous calomnier,
Dénoncez-nous le fourbe : on vous fera justice.
Vous vous taisez ! faut-il que je vous avertisse
Qu'en ne répondant pas, vous avouez ainsi ?...

Mᵉ MULART.

Ce moyen de défense a souvent réussi....

DESLANDES.

Ce silence vous perd ! vous êtes prévenue....
Messieurs, l'audition des témoins continue.

COURTIN.

Isabelle Galli, dite vulgairement
La sibylle d'Arcueil.

ISABELLE.

C'est moi.

DESLANDES.

Le parlement
N'a-t-il donc pas à mort condamné cette femme,
Comme sorcière et comme empoisonneuse infâme ?
D'où vient que son arrêt n'est pas exécuté ?

ISABELLE.

On m'a promis ma grâce.

DESLANDES.

Eh ! qui ?

ISABELLE.

Sa Majesté.
(*Le président Deslandes se lève et recueille l'avis des conseillers.*)

COURTIN, *bas à Mulart.*

Nous pourrons l'envoyer, par faveur infinie,
Avec Galigaï brûler de compagnie.

Mᶜ MULART.

A merveille, Courtin! oui, deux bûchers égaux !...
Et ses délations vont payer les fagots.

DESLANDES, *se rasseyant.*

Si tel est votre avis, messieurs, je m'y dois rendre.
Isabelle, la Cour consent à vous entendre.

COURTIN, *à Isabelle.*

Jurez !...

DESLANDES.

Sur l'évangile!

ISABELLE.

Eh ! que m'importe à moi !

DESLANDES.

Malheureuse, osez-vous, en face de la loi,
Commettre un sacrilége?...

ISABELLE.

Eh bien ! qu'on me délivre
De l'inutile soin de jurer sur ce livre!

DESLANDES.

Un témoin n'est admis qu'ayant prêté serment.

ISABELLE.

Je le prêterai bien : ordonnez seulement.

COURTIN.

Faisons taire l'usage en cette circonstance :
Des révélations d'une telle importance

Ne sont point, ce me semble, à dédaigner : il faut
Ouïr l'aveu qui part du pied de l'échafaud.

Me MULART.

Fort bien ; moi curateur, je tiens même langage.

DESLANDES.

Mais la loi ?

COURTIN.

Le devoir avant tout nous engage,
Messieurs, à recevoir sa déposition.

TOUS LES CONSEILLERS, *se levant.*

Oui !

DESLANDES.

Je cède ; mais Dieu juge l'intention !
(*A Isabelle.*)
Vous, à la vérité ne soyez pas rebelle.
Courtin, interrogez le témoin.

COURTIN.

Isabelle,
Vous connaissiez déjà la maréchale ?

ISABELLE.

Oh ! oui !

(*A la maréchale.*)
Quoi ! ton attachement s'est-il évanoui ?
Quand l'une de nous deux va marcher au supplice,
Ne veux-tu pas, ma fille, embrasser ta complice ?

LA MARÉCHALE.

Ah ! Luynes, Luynes !

DESLANDES, *à Isabelle.*

Trêve à tant d'indignité !
Pensez-vous insulter avec impunité?...

ISABELLE.

J'ai dit, je dis encor : Ma complice !... Qu'elle ose
Me démentir !... Voyez si je vous en impose !

SCÈNE VII.

LES MÊMES, MARIE DE MÉDICIS.

TOUT LE MONDE.

La reine !

LA MARÉCHALE.

Vous, ici !

ISABELLE.

Mort et damnation !

LA MARÉCHALE, *à la reine.*

Restez : vous entendrez ma condamnation.

MARIE DE MÉDICIS, *à la Cour.*

Vous, messieurs, oubliez ce que j'étais naguère :
Traitez-moi, s'il vous plaît, comme un témoin vulgaire.

(*A la maréchale, en lui prenant les mains.*)

Je viens pour vous défendre, et je ne puis souffrir
Que par de telles gens vous vous laissiez flétrir.

LA MARÉCHALE.

Mon méprisant silence en dit assez, madame.

MARIE DE MÉDICIS.

Je répondrai pour vous , malgré vous....
(Elle s'avance vers le tribunal, et montrant Isabelle.)

Cette femme,

Dont l'abject témoignage est sans force et sans poids,
A vu Galigaï, pour la première fois,
Le vingt-quatre d'avril , au Louvre, en ma présence.

COURTIN.

Ce fait vient un peu tard à notre connaissance,
Messieurs. Çà , quel mystère étrange cache-t-il ?
Concini fut tué le vingt-quatre d'avril !

MARIE DE MÉDICIS.

C'est moi seule , messieurs, devant Dieu je l'atteste,
Qui pour interroger un art que je déteste,
Par caprice ou faiblesse, hélas ! secrètement
Fis venir cette femme en mon appartement;
Madame s'y trouvait : la sorcière avec rage
L'aperçoit tout-à-coup, la menace et l'outrage,
En des termes qu'ici je n'ose répéter ;
La maréchale alors la dut faire arrêter :
On la jugea depuis. De là , toute sa haine.

ISABELLE.

Elle vient de plus loin... Ma vengeance est certaine.

MARIE DE MÉDICIS.

Ou de son témoignage ou du mien , dites-moi,
Lequel vous a semblé le plus digne de foi?

DESLANDES, *désignant Isabelle.*

Qu'avant la fin du jour son arrêt s'accomplisse.
Emmenez-la.

ISABELLE, *saluant la Cour.*

Messieurs, j'attendrai ma complice.

SCÈNE VIII.

LES MÊMES, EXCEPTÉ ISABELLE.

MARIE DE MÉDICIS.

Défendre l'innocent contre l'erreur des lois,
Tel est le saint devoir qui m'a fait quitter Blois.
Celle que l'on accuse avec tant d'infamie,
Messieurs, depuis l'enfance elle était mon amie;
Nous vivions comme sœurs : elle ne peut ainsi
Être coupable, à moins que je le sois aussi.
Qu'à nos malheurs communs votre âme compatisse!
Ne la condamnez pas; c'est acte de justice!
Reine et mère de roi, j'ose vous supplier
De faire grâce....

LA MARÉCHALE.

A moi? Pouvez-vous oublier
Qui vous êtes, madame, et que, dans ma disgrâce,
Je n'ai pas mérité que l'on me fasse grâce?

COURTIN, *à la reine.*

Si Votre Majesté se change en curateur,

Ne pourrai-je à mon tour me faire accusateur ?
Cette accusation n'est-elle plus qu'une ombre,
Parce qu'un faux témoin s'est trouvé dans le nombre ?
Mais, pour le remplacer, il s'en présentera
Que de mauvais vouloir nul ne soupçonnera ;
Moi-même, s'il le faut !... Oui, quand la maréchale
Était gardée au Louvre en une basse salle,
Un homme, qui n'a point paru dans le procès,
Par magie auprès d'elle a su se faire accès.

LA MARÉCHALE.

Il reviendra peut-être avant que je périsse !

DESLANDES.

C'est un vieux Florentin, mari de sa nourrice.

COURTIN.

Quand je l'interrogeai, l'accusée en effet
Ne se disculpa point autrement de ce fait ;
Mais j'ai vu ce vieillard qui portait sur sa face
Le sceau réprobateur qui jamais ne s'efface.
Son pouvoir satanique est assez démontré :
A l'insu des soldats, comment est-il entré
Dans un endroit bien clos, bien gardé ? J'appréhende
Qu'on pourrait s'enquérir au président Deslande
Qui traversa le Louvre avec cet inconnu....

DESLANDES.

J'ignore entièrement ce qu'il est devenu.

COURTIN.

Dans quel but traçait-il des cercles et des lignes ?
Pourquoi n'a-t-il voulu répondre que par signes ?

Depuis lors, dans Paris j'ai fait partout chercher :
L'enfer en cette enquête a pu seul le cacher !

LA MARÉCHALE.

Que ne le faisiez-vous chercher jusqu'à Florence ?
On vous avertira de son retour en France.
Prenez garde, Courtin : je vais vous échapper.

COURTIN (*à part*).

Usons du dernier coup qui nous reste à frapper.

MARIE DE MÉDICIS.

Messieurs, vous le voyez ; il en est temps encore,
Suspendez un arrêt que l'injustice implore.

DESLANDES, *à la Cour*.

Ordonnez cependant un nouvel informé :
Ce malheureux procès, de mensonges formé,
Ne soutiendra jamais une semblable épreuve.
De l'innocence ainsi vous obtiendrez la preuve.

Me MULART, *bas à Courtin*.

Ils balancent.

COURTIN.

Messieurs, il nous faut accorder
Ce que Sa Majesté daigne nous demander :
Oui, que tous les forfaits que l'instruction prouve
Demeurent impunis, volontiers je l'approuve ;
Oui, que dès ce moment, selon d'augustes vœux,
Galigaï soit libre, avec vous je le veux :
Vous pouvez prononcer un arrêt qui l'acquitte ;
Mais dans l'instant, messieurs, même avant qu'elle quitte

Le banc des accusés, mon indignation
Va soulever contre elle une accusation
Plus horrible cent fois que ne fut la première,
Et que j'eusse frémi de remettre en lumière,
De régicide enfin!... J'en jure devant Dieu,
Et suis prêt à prouver mon dire en temps et lieu :
Celle que vous allez absoudre sans débattre,
Ne fut pas étrangère au meurtre d'Henri quatre !

TOUS.

Ah !

DESLANDES, *à Courtin.*

Qu'avez-vous dit ?

COURTIN.

Vrai !

MARIE DE MÉDICIS.

Vous, Léonore, vous !
(Elle s'évanouit dans les bras de la maréchale.)

LA MARÉCHALE, *à Courtin.*

Je vous méprise tant, que je suis sans courroux....
Des secours pour la reine !

Me MULART, *bas à Courtin.*

Ah ! c'est un coup de maître !

COURTIN, *montrant la maréchale.*

On me méprisera jusqu'à ce soir peut-être.

FIN DU QUATRIÈME ACTE.

ACTE CINQUIÈME.

Une galerie haute de la chapelle de la Conciergerie.

8 juillet 1617.

SCÈNE PREMIÈRE.

LE PRÉSIDENT DESLANDES, MARIE DE MÉDICIS.

MARIE DE MÉDICIS.

Mais vous ne croyez pas?

DESLANDES.

Madame, assurément
C'est une calomnie atroce, que dément
La royale amitié dont elle est encor digne.

MARIE DE MÉDICIS.

Oui, cet affreux soupçon profondément m'indigne.
Léonore aurait pu machiner sans effroi
L'horrible assassinat qui me priva du roi?...
Ah! que pour l'accuser contre elle tout se range,
Mon amitié, monsieur, la défend et la venge....
Mais elle est condamnée?

DESLANDES.

Hélas ! j'avais tenté
De suspendre l'arrêt qui vient d'être porté.
L'audience reprise après votre sortie,
Courtin mit tout son art à gagner la partie :
Dix-huit témoins restaient ; tour à tour je les vi,
Le mensonge à la bouche, accabler à l'envi
Galigaï toujours obstinée à se taire ;
Mulart, son curateur, de qui le ministère
Était de la défendre, encore l'accusait ;
Je prévoyais sa perte et mon cœur se brisait.
Les juges pour l'arrêt enfin délibérèrent :
Cinq d'entre eux, sans vouloir voter, se retirèrent ;
Les autres, s'excusant de leur sévérité
Sur un désir du roi, que Luyne a suscité,
Osèrent prononcer la mort.... Ma voix unique
S'éleva sans succès contre l'arrêt inique ;
C'en est fait ! et ce soir il doit s'exécuter !

MARIE DE MÉDICIS.

Mais le pardon royal...

DESLANDES.

Je n'ose m'en flatter !
Ces promesses de grâce, ainsi que tout l'assure,
Ont de Galigaï rendu la mort plus sûre ;
Car la Cour a laissé la clémence du roi
Tempérer à son gré les rigueurs de la loi.
Mais non ; Sa Majesté le plus souvent ignore
Qu'on se sert de son nom....

MARIE DE MÉDICIS.

                    Et qu'on le déshonore !
Je veux demander grâce....

DESLANDES.

                    En vain vous l'obtiendrez ,
Car il sera trop tard lorsque vous reviendrez.

MARIE DE MÉDICIS.

Comment ! est-ce déjà, mon Dieu ?

DESLANDES.

                    Dans la chapelle
De la Conciergerie, à l'instant on l'appelle
Pour ouïr son arrêt.
                    (*Tumulte dans la chapelle.*)

MARIE DE MÉDICIS.

                    Voyez : la foule accourt !...
Quoi ! le temps qui lui reste à vivre est donc bien court ?

DESLANDES.

D'où vient que l'on enfreint la forme accoutumée ?
La chapelle au public devrait être fermée,
Et ce n'est point d'après l'ordre du parlement....
On reconnaît la haine à ce raffinement
De cruauté.... Sa mort seule fait mal leur compte :
On la veut abreuver d'outrages et de honte.
                    (*Il regarde dans la chapelle.*)
N'aperçois-je pas Luyne ? Il a l'air radieux !...
Il vient mener ici son triomphe odieux !

MARIE DE MÉDICIS.

Pauvre Galigaï, faut-il donc que tu meures!...
Ne peut-on retarder d'un jour, de quelques heures?...

DESLANDES.

Il est un seul moyen.

MARIE DE MÉDICIS.

Dites-moi, quel est-il?

DESLANDES.

Mais à la maréchale il semblera trop vil :
Un mensonge!

MARIE DE MÉDICIS.

Ah ! pourvu qu'il la sauve !

DESLANDES.

Peut-être !

MARIE DE MÉDICIS.

Vous allez sur le champ le lui faire connaître...

DESLANDES.

Elle déclarera qu'elle porte en son sein
Un fils du maréchal....

MARIE DE MÉDICIS.

Je vois votre dessein :
Nous gagnerons du temps, et je réponds du reste.

DESLANDES.

Puisse le roi casser un jugement funeste !

MARIE DE MÉDICIS.

Mais le tumulte cesse... Elle vient.... La voici !
Hâtez-vous : sauvez-la !... je vous attends ici !

SCÈNE II.

MARIE DE MÉDICIS, *seule, regarde dans la chapelle.*

Pour la laisser passer, la foule sans bruit s'ouvre !
Le front calme et serein, elle est là comme au Louvre :
On dirait qu'à ce peuple elle va commander.
Ah ! si le président la pouvait décider !...
Mais c'est lui... Pour la joindre il s'efforce, il s'empresse...
Il est à ses côtés.... Il lui parle, il la presse...
Qu'espérer !... Le greffier la fait mettre à genoux...
On lui va prononcer l'arrêt.... Éloignons-nous...
A peine puis-je voir, tant ma vue est confuse !
Deslande insiste en vain : je crois qu'elle refuse....
Si j'avais, pour agir, l'intervalle d'un jour !
                    (*Elle va pour sortir.*)

LE GREFFIER, *derrière la scène.*

« ARRÊT DU PARLEMENT.

MARIE DE MÉDICIS.

Restons.

LE GREFFIER.

                    « Vu par la Cour,
« Les Grand'Chambre, Tournelle et de l'Édit présentes,

« Le procès criminel, suivant lettres patentes,
« Fait par un conseiller, à cette fin choisi,
« Au défunt maréchal d'Ancre et Galigaï
« Sa veuve, prisonnière en la Conciergerie,
« Pour raison des erreurs, pactes, sorcellerie,
« Amas d'armes, soldats enrôlés, attentat
« Contre l'autorité du prince et son état,
« Avec les étrangers secrète intelligence,
« Deniers publics pillés et portés hors de France ;
« Tout bien considéré, la Cour, qui sans appel
« Déclare l'un et l'autre accusé criminel
« De lèse-majesté divine ainsi qu'humaine,
« Pour réparation, les lois dictant la peine,
« Dudit feu Concini justement détesté
« Condamne la mémoire à perpétuité,
« Et ladite sa veuve être décapitée
« Sur la place de Grève, et dans le feu jetée... »

MARIE DE MÉDICIS.

Quelle horrible sentence !... O mon Dieu, soutiens-moi !
Je n'ai plus qu'un espoir : allons trouver le roi.

SCÈNE III.

MARIE DE MÉDICIS, LE DUC D'ÉPERNON.

MARIE DE MÉDICIS.

Ah ! monsieur d'Épernon !...

LE DUC D'ÉPERNON.

J'arrive à l'instant même :
En hâte j'ai quitté ma ville d'Angoulème
Pour voler au secours de Votre Majesté...

MARIE DE MÉDICIS.

Quel danger ?

LE DUC D'ÉPERNON.

On en veut à votre liberté,
Si ce n'est à vos jours.

MARIE DE MÉDICIS.

Un tel avis m'effraie.

LE DUC D'ÉPERNON.

Je sais d'où je le tiens ; cette nouvelle est vraie.
Contre l'ordre du roi vous êtes à Paris ?

MARIE DE MÉDICIS.

Oui ; mais qui vous a dit ?...

LE DUC D'ÉPERNON.

Aussitôt que j'appris
Qu'à vos geôliers de Blois vous vous étiez soustraite,

J'ai prévu vos périls : je sors de ma retraite
Exprès pour vous défendre, et pour vous dégager
Des fers qu'insolemment on vous ose forger.
Luynes, ce parvenu, d'une indigne manière,
Dans le château de Blois vous retient prisonnière :
On blâme votre fils, on hait ses courtisans ;
On vous plaint ; vous avez de nombreux partisans ;
Or dans votre intérêt, madame, avec instance
Je vous viens supplier....

(Ici se termine la lecture de l'arrêt.)

MARIE DE MÉDICIS.

         Quelle horrible sentence !
A-t-elle pu sans pleurs et sans cris l'écouter ?

LE DUC D'ÉPERNON.

Qui vous parle ?...

MARIE DE MÉDICIS.

         Combien ce jour nous va coûter !
La maréchale d'Ancre à mort est condamnée....

LE DUC D'ÉPERNON.

Ne vous occupez plus de cette infortunée,
Madame ; c'est à vous seule qu'il faut songer ;
Ou plutôt désormais songeons à la venger.

MARIE DE MÉDICIS.

Oui, je la vengerai ; j'y suis bien décidée !...
Mais Deslandes enfin l'aura persuadée....

LE DUC D'ÉPERNON.

Eh bien ! permettez-moi d'agir en votre nom.

Vous verrez ce que vaut l'appui de d'Épernon.
Chargé de vos pouvoirs et de votre vengeance ,
Avant qu'il soit trois mois, je vous rends la régence.

MARIE DE MÉDICIS.

Oui, monsieur d'Épernon, s'ils me poussent à bout...
Mais je veux employer la douceur avant tout.

LE DUC D'ÉPERNON.

Le prince de Condé, madame , à la Bastille
Doit revoir avant peu quelqu'un de sa famille !

MARIE DE MÉDICIS.

Monsieur le duc !... Que faire ?...

LE DUC D'ÉPERNON.

                              Ah ! Votre Majesté
Dans Angoulême au moins serait en sûreté :
J'ai de braves soldats ; j'ai de bonnes murailles :
On n'entreprendrait rien contre vous, sans batailles.

MARIE DE MÉDICIS.

Je connais mes amis ; j'y puis avoir recours...
Mais à Galigaï portons d'abord secours !

SCÈNE IV.

MARIE DE MÉDICIS, LE DUC D'ÉPERNON, UN DOCTEUR, LE GRAND-PRÉVOT.

(Ces deux derniers traversent la galerie en causant ensemble sans voir la reine.)

LE GRAND-PRÉVÔT.

Assistez-la, monsieur !

LE DOCTEUR.

On dit qu'elle professe
Le judaïsme ?

LE GRAND-PRÉVÔT.

Enfin, pourvu qu'elle confesse
Publiquement son crime à ses derniers instans...

LE DOCTEUR.

Vous viendrez la chercher, lorsqu'il en sera temps.

(Ils sortent.)

SCÈNE V.

MARIE DE MÉDICIS, LE DUC D'ÉPERNON.

MARIE DE MÉDICIS.

Avez-vous entendu?.... Mon péril est bien moindre.
Je cours donc chez le roi : vous pourrez m'y rejoindre.

(Elle sort précipitamment.)

SCÈNE VI.

LE DUC D'ÉPERNON, seul.

Elle m'échappe encor!... Pourquoi tant me hâter?...
Elle-même viendra tôt ou tard se jeter
Dans mon parti.... La Ligue aussitôt se relève!...
Mais quelle occasion la Conchine m'enlève!

SCÈNE VII.

LE DUC D'ÉPERNON, M. DE LUYNES, THÉOPHILE, DEAGEN, gentilshommes.

LE DUC D'ÉPERNON (*à part*).

Luyne et tous les Luynards!

M. DE LUYNES.

Eh! monsieur d'Épernon!

THÉOPHILE, *aux gentilshommes qui rient.*

Puisse Henri trois vers lui rappeler son mignon!

LE DUC D'ÉPERNON, *à M. de Luynes.*

Je suis de trop ici, monsieur, je me figure;
Et je vais....

THÉOPHILE, *aux gentilshommes.*

Oui! va-t'en, oiseau de triste augure!

M. DE LUYNES.

Restez, monsieur le duc; car on aime à vous voir.

Mais le roi pour deux jours, vous le devez savoir,
Est absent de Paris....

LE DUC D'ÉPERNON (*à part*).

Que n'en ai-je eu le doute ?
La reine n'aurait pas....

M. DE LUYNES.

Vous repartez sans doute?...

LE DUC D'ÉPERNON.

Ce soir.

M. DE LUYNES.

C'est demeurer peu de temps parmi nous.
La reine-mère arrive et repart comme vous.

LE DUC D'ÉPERNON.

Je l'ignorais.

M. DE LUYNES.

Eh bien ! cher duc , quelle nouvelle ?

LE DUC D'ÉPERNON.

Mais c'est à vous....

M. DE LUYNES.

Souffrez que je vous en révèle,
(*Se tournant vers sa suite.*)
A vous aussi, messieurs, qui vous feront plaisir.
Sa Majesté , selon mon unique désir,
Doit bientôt me créer connétable de France.

TOUS LES GENTILSHOMMES , *saluant.*

Monseigneur ....

DEAGEN.

Monseigneur , recevez l'assurance
De notre joie à tous.

LE DUC D'ÉPERNON.

Certes , c'est un honneur...

THÉOPHILE , *à M. de Luynes.*

Que beaucoup envieront, n'est-ce pas, monseigneur ?

M. DE LUYNES.

De plus, Sa Majesté , qui m'estime et qui m'aime ,
S'est de mon mariage occupée elle-même :
J'épouse, par un choix digne de ma maison ,
La fille de monsieur le duc de Montbazon.

TOUS LES GENTILSHOMMES, *saluant plus bas.*
Monseigneur....

DEAGEN.

Monseigneur , nous prenons part dans l'âme
A l'heur qui vous arrive.

THÉOPHILE.

A moi , l'épithalame !

LE DUC D'ÉPERNON.

Messieurs, je vous salue !

SCÈNE VIII.

LES MÊMES , EXCEPTÉ LE DUC D'ÉPERNON.

THÉOPHILE.

Adieu, méchant ligueur !

DEAGEN, *à M. de Luynes.*

Vous l'eussiez dû traiter avec plus de rigueur,
Monseigneur : à quoi bon cette noble indulgence ?

M. DE LUYNES.

Non , je suis satisfait , messieurs, de ma vengeance :
Il sort la rage au cœur , et vous avez pu voir
Que ma prospérité faisait son désespoir.

SCÈNE IX.

LES MÊMES, COURTIN.

THÉOPHILE.

Monsieur Courtin, venez, que l'on vous félicite.

COURTIN.

Messieurs....

THÉOPHILE.

Comme un grand homme , à la cour où vous cite.

COURTIN.

Je ne mérite pas....
(*Il s'approche de M. de Luynes, et les gentilshommes s'éloignent.*)
Monseigneur , je....

M. DE LUYNES.

Courtin,
Le roi sera content de vous, j'en suis certain.

COURTIN.

D'avoir fait mon devoir, monseigneur , je me loue....

M. DE LUYNES.

Les six-vingt mille écus que le roi vous alloue
Sur les biens confisqués de feu le maréchal,
Vous les aurez demain.

COURTIN.

On me connaît bien mal,
Si l'on croit que l'argent.... Mon devoir seul...

M. DE LUYNES.

En somme
Maître Mulart et vous ayant touché la somme,
Vous passerez tous deux en pays étranger.
Tel est l'ordre du roi; je n'y peux rien changer.

COURTIN (*à part*).

Et voilà donc le prix!... Hélas! l'ingratitude
Ainsi que la vertu devient une habitude.
  (*Haut.*)
Je vous obéirai, monsieur! (*A part.*) Comme à présent
Pour casser cet arrêt je donnerais mon sang!
  (*Il salue et se retire.*)

DEAGEN, *aux gentilshommes.*

Courtin est en disgràce!...

THÉOPHILE.

Oui; pour vous compromettre,
Avec pareilles gens allez donc vous commettre!

SCÈNE X.

LES MÊMES, EXCEPTÉ COURTIN.

M. DE LUYNES.

Voici l'heure, messieurs, de l'exécution ;
Vous y viendrez ?...

DEAGEN.

Avec votre permission.

(*A part.*)
Il m'a tourné le dos.

THÉOPHILE, *aux gentilshommes.*

L'équivoque est hardie,
Messieurs !

M. DE LUYNES, *à Théophile.*

Mon cher poète, et notre tragédie
De la *Magicienne étrangère?*

THÉOPHILE.

Un moment,
De grâce, monseigneur : voici le dénoûment.

M. DE LUYNES.

On vous paiera vos vers.

THÉOPHILE (*à part*).

Il n'ira plus, je pense,
Dans la meute du roi chercher ma récompense.

(*Entre un gentilhomme qui s'entretient bas avec M. de Luynes.*)

DEAGEN, *aux gentilshommes.*

Le parlement pour nous a montré peu d'égards ;
D'un superbe spectacle il frustre nos regards :
La Conchine au bûcher.

THÉOPHILE.

                    Oui, devant qu'on l'y jette,
Par humanité pure, on lui tranche la tête.

DEAGEN.

Ne doit-on pas brûler une autre en même temps ?

THÉOPHILE.

Isabelle.
            (*Bruit dans la chapelle.*)
        Messieurs, comme en quelques instans
Le monde qui remplit la chapelle s'écoule !

DEAGEN.

La Grève n'aura vu jamais plus grosse foule !

M. DE LUYNES, *au gentilhomme qui lui parlait bas.*

Le roi, par mes conseils, est parti bien à point....
Sa mère à Saint-Germain ne le rejoindra point ;
Surveille-la, Desplans : que notre fugitive
Soit ramenée à Blois plus faible et plus craintive.
                    (*Le gentilhomme sort.*)

THÉOPHILE.

Nous, à l'Hôtel-de-Ville, allons voir de quel air
Le diable emportera la Conchine en enfer.
        (*Ils sortent tous avec fracas, à la suite de M. de Luynes.*)

SCÈNE XI.

LE PRÉSIDENT DESLANDES.

Elle refuse tout : vivre au prix d'un mensonge,
Lui semble lâcheté... Mais la reine, j'y songe,
Va supplier son fils... C'est en vain : on m'apprend
Que le roi pour deux jours à Saint-Germain se rend.
(*Il entend rire les gentilshommes.*)
Qui croirait, aux éclats de rire qu'on envoie,
Que la mort d'une femme excite cette joie !

SCÈNE XII.

DESLANDES, LUDOVICO.

LUDOVICO.

Monsieur le président...

DESLANDES.

                    Je ne me trompe pas :
C'est vous !... Osez-vous bien porter ici vos pas ?

LUDOVICO.

Tout à l'heure en passant devant cette chapelle,
J'en vois sortir la foule ; alors je me rappelle
Certain vœu que je fis pour obtenir d'en haut....
J'entrai donc pour prier dans l'église : aussitôt
Je vous ai reconnu....

DESLANDES.

Mais j'avais cru qu'en France
Vous n'étiez pas resté?

LUDOVICO.

J'arrive de Florence.
Ah! lorsque Léonore apprendra mon retour!...

DESLANDES (*à part*).

Quel est-il?

LUDOVICO.

Le grand-duc veut l'avoir à sa cour :
Pour elle auprès du roi lui-même il intercède,
Et son ambassadeur qu'à Paris je précède...

DESLANDES.

Il est trop tard!

LUDOVICO.

Enfin, monsieur, conduisez-moi
Près de la maréchale.

DESLANDES.

Ignorez-vous donc?

LUDOVICO.

Quoi?

DESLANDES.

Pour vous, vieux serviteur, ce coup sera bien rude!

LUDOVICO.

Moins que votre silence et que l'incertitude.
Faites que je la voie.

DESLANDES.

Hélas !

LUDOVICO.

Je vous comprend :

En prison ?

DESLANDES.

Plût au Ciel !

LUDOVICO.

Ah ! quel malheur plus grand ?...

Morte ?...

DESLANDES.

Non , pas encor ! Sur la place de Grève....

LUDOVICO.

Eh bien !

DESLANDES.

En ce moment son échafaud s'élève.

LUDOVICO.

Ma fille !

DESLANDES.

Qu'a-t-il dit ?

LUDOVICO.

O ma fille !... mon Dieu !
Sans l'embrasser encore, et sans lui dire adieu !

DESLANDES.

Silence !.... Vous, son père !

LUDOVICO, *tout en larmes.*

En avez-vous le doute?

DESLANDES.

Où voulez-vous aller?

LUDOVICO.

La voir!... mourir sans doute!

(7 *heures sonnent.*)

DESLANDES.

Voici l'heure : arrêtez!

LUDOVICO, *hors de lui.*

Ma fille ou le trépas!

DESLANDES, *le suivant.*

Au nom de votre fille, ah! ne vous perdez pas!

SCÈNE XIII.

La scène change ; la place de Grève, un échafaud.

LE PEUPLE.

PAYSAN.

La Conchine, ma fi! se fait long-temps attendre :
Il sera bientôt nuit.

BOURGEOIS.

Eh! vous venez d'entendre
Sept heures qui sonnaient à l'Hôtel-de-Ville.

HOMME DU PEUPLE.

Oui,

Ventre-dieu! Je m'étais d'avance réjoui
De voir en feu bien clair rôtir la chère dame,
Et Satan son patron croquer sa vilaine âme.

PAYSAN.

Moi, j'arrive d'Amiens tout exprès.... Que de mal
Nous fit de son vivant ce damné Maréchal!

BOURGEOIS.

Moins que dans notre haute et basse Normandie;
A Quillebeuf surtout!

HOMME DU PEUPLE.

Compère, à l'étourdie,
Que c'est parler cela! Conchine, ce païen,
A fait du mal partout, et nulle part du bien.

PAYSAN.

Voulait-il pas aussi, par magie infernale,
Occire, pour régner, la famille royale?

HOMME DU PEUPLE.

Sa femme était cent fois plus maligne que lui.

ÉCOLIER, *d'une fenêtre.*

L'exécution donc n'est pas pour aujourd'hui;
Messire le bourreau déjà perd patience.
Ces gens du parlement n'ont pas de conscience,
De faire ainsi la figue aux bourgeois de Paris.

FEMME DU PEUPLE.

On dit qu'elle a sa grâce.

HOMME DU PEUPLE.

Elle? ventre-saint-gris!

Il faudra tôt ou tard que son sort s'accomplisse !
Nous pourrons épargner les frais de son supplice :
Le bourreau n'aura plus de besogne après nous.

PAYSAN.

Mais pourquoi deux bûchers ?

BOURGEOIS.

Comment ! ignorez-vous
Qu'on doit aussi ce soir, la fête sera belle,
Brûler l'empoisonneuse et sorcière Isabelle.
 (*Bruit et cris.*)

HOMME DU PEUPLE, *à l'écolier.*

Vous qui voyez là haut, l'ami, qu'est-ce cela ?

BOURGEOIS.

D'où vient cette rumeur ?

FEMME DU PEUPLE.

Où court-on ?

L'ÉCOLIER.

La voilà
Qui sort de la prison !

HOMME DU PEUPLE.

Est-ce la condamnée ?

L'ÉCOLIER.

Oui, de prévôts, d'archers, de peuple environnée...
La charrette s'avance avec grande lenteur ;
J'aperçois la Conchine.... Oui, c'est elle.... Un docteur,
Debout à ses côtés, lui parle....

HOMME DU PEUPLE.

> A cette impie?

BOURGEOIS.

Eh! ne voulez-vous pas qu'en mourant elle expie
Ses crimes et péchés par un bon repentir?

HOMME DU PEUPLE.

Bah! laissons faire au feu qui la doit convertir...
En cendre!

UN AUTRE.

Bien parlé.

L'ÉCOLIER.

> Voici que la charrette
Au couvent Saint-Denis de la Chartre s'arrête :
La Conchine en descend... Tiens, elle va prier....
Tout à l'heure un chacun s'enrouait à crier,
Maintenant tout se tait.... Du Palais à la place,
Quelle foule pourtant!...

ARCHERS entrant.

> Arrière!

LE PEUPLE.

> Place! place!

(Les Archers font reculer la foule.)

PAYSAN.

Comme elle a revêtu ses plus riches atours!

FEMME.

On paierait dix écus l'aune de ce velours.

PAYSAN.

Cette sorcière-là, comme bonne chrétienne,
Dit ses Heures tout bas.

HOMME DU PEUPLE.

Ou plutôt quelque antienne
A monseigneur Satan, pour lui faire savoir
Qu'en un beau feu de joie elle le va revoir.

FEMME.

Calme et fière, on dirait qu'elle n'a rien à craindre.

BOURGEOIS.

Je n'étais pas venu cependant pour la plaindre!

SCÈNE XIV.

LES MÊMES, LA MARÉCHALE, LE DOCTEUR.

LE DOCTEUR.

Du courage, madame : encore quelques pas !
Au prix du paradis qu'est-ce que le trépas?

LA MARÉCHALE.

Mon âme est déjà loin de la terre où nous sommes;
Oui, monsieur, cette mort qui fait trembler les hommes
Me trouve sans effroi, sans trouble, ni souci;
Car j'espère que Dieu m'accordera merci.

(*Elle monte sur l'échafaud et s'y met en prière.*)

FEMME.

Avez-vous entendu ce qu'elle vient de dire?
Elle bénit le Ciel, au lieu de le maudire!

HOMME DU PEUPLE.

Mais n'est-ce point mensonge ou raillerie?...

BOURGEOIS.

                                         Enfin
Voyons de tout ceci quelle sera la fin !

SCÈNE XV.

LES MÊMES, ISABELLE.

ISABELLE.

Enfans, écoutez-moi : le beau sire de Luyne
S'en va de ce royaume achever la ruine ;
Il fera pis que d'Ancre et la Galigaï,
A moins que votre roi, las de se voir trahi,
Pour arracher la France à ce tyran habile
N'ordonne encore....

UN ARCHER.

                    Allons, marche, vieille sibylle :
Tu prophétiseras demain !

ISABELLE.

                         Tais-toi, vieux fou !
Le chanvre est déjà mûr qui doit serrer ton cou !
(A la maréchale qui s'entretient avec le docteur.)

Si j'arrive après toi, nous partirons ensemble !
Eh ! mes prédictions, Conchine, que t'en semble ?
Le jour vient où ton sort tombe au-dessous du mien :
Regarde, mon bûcher est plus haut que le tien !

BOURGEOIS.

Comme à tous ses discours l'injure encor se mêle !

HOMME DU PEUPLE, *à Isabelle.*

Efforce-toi plutôt de prier Dieu comme elle !

ISABELLE.

Mes témoignages faux, dont j'ai regret, ma foi !
Sans me sauver d'ailleurs, t'ont perdue avec moi.
On me trompait : vois-tu la grâce qu'on m'accorde ?
Ces chrétiens ! voilà bien de leur miséricorde !

L'ÉCOLIER.

Au feu la pythonisse !

HOMME DU PEUPLE.

Au feu, l'impie !

LE PEUPLE.

Au feu !

ISABELLE, *à la maréchale.*

Toi, tu n'es pas coupable au moins, j'en fais l'aveu.
Quant au courage, on dit que l'innocence en donne :
Meurs de ton mieux, ma haine à présent te pardonne.
                              (*On l'entraîne avec bruit.*)

SCÈNE XVI.

LES MÊMES, EXCEPTÉ ISABELLE.

HOMME DU PEUPLE.

Le carrosse du roi traverse le Pont-Neuf.

UN BOURGEOIS.

Comme si le roi fût à Paris, maître bœuf !
Il chasse à Saint-Germain.

(*Cris et rumeur.*)

FEMME.

Qu'est-ce donc qui se passe ?

HOMME DU PEUPLE.

J'ai le temps d'y courir avant qu'elle trépasse.

LA MARÉCHALE.

C'est Médicis sans doute : elle repart pour Blois !
Je sens mon cœur faillir pour la première fois !...
Les monstres ! de quel crime ils m'avaient accusée !
Et je meurs sans l'avoir au moins désabusée !

PAYSAN.

Elle pleure, on dirait.

FEMME.

Bon ! est-ce donc si gai

De mourir !

HOMME DU PEUPLE.

Prenez-vous pitié de Galigai ?
Si vous aviez ouï prononcer la sentence !

UN BOURGEOIS.

Pourquoi ne vouloir pas croire à sa repentance ?

HOMME DU PEUPLE, *revenant.*

C'était la reine-mère.

AUTRE.

A Paris ?

HOMME DU PEUPLE.

                    Pour un jour ;
Elle retourne à Blois.

FEMME.

          Que ce soit sans retour !

BOURGEOIS, *montrant un gentilhomme qui entre.*

Tenez : ce gentilhomme appartient à sa suite.

LA MARÉCHALE, *à ce gentilhomme.*

Don Alvar ! don Alvar, ne prenez pas la fuite :
Approchez, s'il vous plaît. Vous irez de ma part
Dire à Sa Majesté que j'ai vu son départ ;
Que je lui sais bon gré, connaissant son envie,
Des efforts qu'elle a faits pour me sauver la vie ;
Que je ne pense pas qu'elle ait ajouté foi
Aux bruits calomnieux élevés contre moi ;
Que je meurs innocente, et, pour qu'elle s'abstienne
De me venger un jour, que je meurs en chrétienne,

Car j'ai dû pardonner à tous mes ennemis....
Mes derniers vœux seront pour elle et mes amis.

(Don Alvar salue et se retire.)

BOURGEOIS.

Pauvre femme !

FEMME.

Toujours l'innocence succombe !

HOMME DU PEUPLE.

Que tout son sang alors sur ses juges retombe !

L'ÉCOLIER.

L'autre flambe déjà !.... Fille de Lucifer,
Ce feu-là brûle moins que celui de l'enfer !

LE PEUPLE.

Silence !

LE GRAND-PRÉVÔT , *à la maréchale.*

Voulez-vous , madame, être voilée?

LA MARÉCHALE.

En regardant le ciel, je mourrai consolée!

LE GRAND-PRÉVÔT.

Madame , êtes-vous prête ?

LA MARÉCHALE.

Un seul instant encor....

(Elle s'avance au bord de l'échafaud et dit au peuple.)

Avant que vers son Dieu mon âme ait pris l'essor,
En face de la mort la feinte est impuissante,
Je vous jure , messieurs , que je suis innocente !

LE DOCTEUR, *au peuple.*

Moi, gardien des secrets de la confession,
Son innocence fait ma consolation!...

(*A la maréchale.*)

Vous, remerciez Dieu ; car il vient de remettre
Les fautes qu'ici-bas vous avez pu commettre !

(*Au peuple.*)

On meurt tranquillement quand on est sans remords :
Vous pouvez commencer les prières des morts !

(*Ludovico, une lettre à la main, se fait jour à travers la foule et les archers, étend les bras vers l'échafaud et tombe mort au moment où il entend le coup de hache.*)

FIN DU CINQUIÈME ET DERNIER ACTE.

LE

VINGT-QUATRE FÉVRIER,

DRAME EN UN ACTE,

PAR WERNER;

TRADUCTION LITTÉRALE EN VERS.

(*Ne nos inducas in tentationem.*)

AVERTISSEMENT.

J'AVAIS lu l'admirable traduction du poème
de Schiller *la Cloche*, par M. Émile Deschamps;
j'avais entendu avec non moins de plaisir la
traduction encore inédite d'une pièce de Shakespeare, par le même poète, qui sait pour ainsi
dire rendre malléable notre langue si difficile
à façonner au génie des littératures étrangères,
et qui approprie merveilleusement son esprit
à tous les genres, sans en dédaigner aucun,
parce qu'il excelle dans tous; je voulus essayer à mon tour un travail semblable sur
une des œuvres les plus originales du théâtre

allemand : je me mis à traduire par fragmens
le *Vingt-quatre février*.

Tout m'avait frappé dans ce drame : son caractère sauvage, sa mystérieuse horreur, sa
poésie teinte de sang ; c'était tout cela que
j'espérais reproduire avec quelque énergie
dans une traduction littérale destinée d'abord
à des exercices de style. Ce genre d'étude me
plut davantage à mesure que je me pénétrais
plus intimement de mes devoirs de traducteur.
Mon frère alors traduisait aussi, et la rigou-
reuse fidélité à laquelle il s'était astreint
n'excluait pas de ses vers l'élégance de l'ex-
pression ni l'harmonie du rhythme : il avait
abordé successivement Perse, Juvénal, Virgile et Shakespeare ; il avait lutté corps à corps
et mot à mot avec ces grands poètes, bien
différens entre eux de forme et de manière : ses
conseils, son secours devaient m'être fort
utiles pour le calque scrupuleux que je faisais
du drame de Werner. J'invoquai donc la col-

laboration de mon frère, comme s'il se fût agi d'un vaudeville, d'un de ces fortunés vaudevilles à qui l'on fait les honneurs du feuilleton.

Mon frère est pour moitié dans cette traduction : j'en prends les défauts pour mon compte, et lui laisse pour le sien ce qu'on y peut trouver de bon ; j'ose me flatter qu'il n'aura pas la plus petite part, mais il me la cèderait volontiers, j'imagine, lui qui a rivalisé sans désavantage avec M. Émile Deschamps, lui qui a en portefeuille de quoi faire oublier tout-à-fait la prose verbeuse de Sélis et de Dussaulx, la versification ampoulée de Delille. A lui donc les éloges, s'il y en a ; à moi seul la critique ! je répèterai notre devise ici en épigraphe : *Arcades ambo*.

PERSONNAGES.

KUNTZ, paysan suisse.

TRUDE, sa femme.

KURT, leur fils.

La scène est en Suisse, à Schwarbach, dans une hôtellerie isolée, au milieu des Alpes, entre Kanderstœg et Leuk.

LE

VINGT-QUATRE FÉVRIER.

L'intérieur d'une maison de paysan : la chambre et le cabinet sont séparés par une cloison , à laquelle on voit suspendus une petite horloge en bois, une faux et un grand couteau ; dans le fond , un lit de paille et un vieux fauteuil.

SCÈNE PREMIÈRE.

Il fait nuit ; l'horloge sonne onze heures.

TRUDE , *seule*.

(*Elle file à la clarté d'une lampe.*)

Onze heures sonnent !... Kuntz ! il n'est pas de retour !
Et cependant parti pour Leuk, au point du jour....
Pourvu que dans sa route aucun malheur !... Je tremble !...
Quels éclats ! l'ouragan vient de l'ouest ! Il semble
Que l'esprit de l'enfer veut d'un bras ennemi
Lancer le Gellihorne au front blanc du Gemmi !
Ainsi Kuntz a lancé le couteau !... Quelle idée !...
Oui, vers la même époque !... Ah ! j'en suis obsédée !...

Feu notre père est mort en février, je croi :
Voilà long-temps ! j'y pense encore avec effroi !...
Mon mari tarde bien.... Sous la neige mouvante
Serait-il englouti ?... Dieu ! je meurs d'épouvante !...
Pas un morceau de pain ! sans feu par la saison !
Nos créanciers ont pris tout.... Dans cette maison,
Rien que peine et misère !... Oh ! j'ai l'âme brisée !
La malédiction s'est trop réalisée !
Ton père honoreras.... fatal commandement !
D'autres mères, hélas ! ont un fils.... ô tourment !
Le nôtre, encore enfant, s'enfuit sous l'anathême
D'un père maudissant déjà maudit lui-même....
Du meurtre de sa sœur rouge encore, il a fui !
Il est mort... Que ne suis-je au tombeau comme lui !
Je ne souffrirais plus !...Chantons : le chant délivre
Des piéges de Satan quand il ouvre le livre
Où s'inscrit le péché. (*Elle chante.*)

      « Pourquoi ton glaive est-il rouge ? pourquoi ?
            Édouard ! parle, achève !
        — Un vautour est mort sous mon glaive.
          S'il est rouge, voilà pourquoi ;
            Malheur ! malheur à moi ! »

                  Cette chanson, la nuit,
M'attriste !... A la fenêtre on a frappé !... quel bruit !
Oui, l'on frappe ! il faut voir ! C'est mon mari peut-être !
            (*Elle se lève et regarde à la fenêtre.*)
C'est l'aile d'un hibou qui heurte à la fenêtre !
Cet oiseau fuit l'orage. Ah ! bon Dieu ! quels regards !
Comme il me considère avec ses yeux hagards !

Va-t'en donc ! Il s'envole et crie : « Il faut me suivre ! »...
Le malheur va cesser enfin de me poursuivre !

(*Elle revient s'asseoir à son rouet.*)

On dit que le hibou sent l'odeur du cercueil :
Le mien s'ouvre... Et toujours les angoisses, le deuil !...
Il n'est, sur le Gemmi, de maison que la nôtre....
Et point d'âme vivante excepté nous ! point d'autre !
Chacun rentre aux vallons quand les froids sont venus ;
Et nous seuls, par l'esprit des Alpes retenus,
Nous séjournons ici !... Seule avec ma détresse,
Soulageons en chantant le chagrin qui m'oppresse !

(*Elle chante.*)

« Le paysan, quand c'est un paysan,
   Conduit ses bœufs au labourage ;
Ayant chapeau, chemisette à ruban,
   Il est content de son bagage :
   Sur sa tête un chapeau léger,
   Qu'ombrage une plume gentille ;
   Puis, chemisette de berger,
   Où le ruban voltige et brille.
Le paysan n'est pas un grand seigneur,
     Le paysan
     N'est rien qu'un paysan :
Sa vie est dure et non pas sans bonheur. »

Dieu ! n'est-ce point cet air que sifflait mon époux
En aiguisant sa faux ?... (*On frappe.*)
        On frappe ! ouvrirons-nous ?

(*Elle va ouvrir la porte.*)

Kuntz !

SCÈNE II.

TRUDE , KUNTZ.

(Il entre tout couvert de neige, avec un bâton ferré et une lanterne éteinte à la main.)

TRUDE *(secouant la neige des habits de Kuntz).*

Pauvre ami ! j'étais dans une inquiétude !...

KUNTZ.

Quel froid ! je suis trempé jusqu'aux os !... Du feu ! Trude,
Vite !

TRUDE.

Avec quoi ?

KUNTZ.

C'est vrai ! le bois manque.... Eh ! crois-moi,
Tu peux te réjouir ?

TRUDE.

Me réjouir ?

KUNTZ *lui donnant un papier.*

Oui, toi.
Tout vraiment réussit à notre convenance !
Vois , du bailli de Leuk je tiens cette ordonnance :
Il n'a voulu d'un mois reculer le paiement ;
J'implorais à genoux !

TRUDE.

Eh bien !

KUNTZ.

Lis seulement !

TRUDE.

Dieu, tu me fais trembler ! (*Elle lit.*)

« Kuntz, ancien militaire,
« D'une auberge à Schwarbach hôte et propriétaire,
« Nonobstant les délais, vu qu'il a constamment
« Au nommé Jean Jugger refusé le paiement
« Du prêt de cent florins que le susdit réclame,
« Kuntz, vingt-cinq février matin, avec sa femme,
« A comparaître à Leuk est par Nous assigné :
« A huit heures sonnant, demain, jour désigné,
« Si la somme au plaignant n'est pas encor remise,
« Leur excuse dès-lors ne sera plus admise :
« Les archers saisiront leur maison et leur champ,
« Lesquels mis à l'enchère et vendus sur le champ,
« A l'effet de payer, du montant de la somme,
« Les impôts arriérés, et d'acquitter, en somme,
« Les cent florins susdits ; mais ces faibles produits
« N'étant pas suffisans, tous deux seront conduits
« A la maison d'arrêt, dans la forme prescrite,
« Jusqu'à l'entier paiement de la dette souscrite ;
« Le tout exécuté, ledit jour, sans délais.
« Signé, Nous échevins du canton du Valais.
« Vingt-quatre février. »

Quoi ! Jugger, ce barbare,
Il ne t'accorde pas de répit ?

KUNTZ.

Non, l'avare !

Pour gagner un délai de quinze jours au plus ,
Pour l'émouvoir, j'ai fait des efforts superflus !
Le rocher le plus dur serait moins insensible :
« Je n'ai rien à donner, disait-il impassible ;
Ces plaintes... j'en suis las. Payez, plus de raison ,
Ou les archers demain vous mènent en prison. »

TRUDE.

Nos cousins , nos parens , tu les as vus ?

KUNTZ.

Qu'importe ?
Les cruels ! tous , oui , tous , ils m'ont fermé leur porte !

TRUDE.

Et voilà des parens !

KUNTZ.

Un parent, sans remord ,
Vous aide le dernier, et le premier vous mord.

TRUDE.

Du temps où nous vivions heureux dans l'abondance ,
Alors , comme ils venaient chez nous faire bombance !

KUNTZ.

Et vite , ils m'oubliaient dès qu'ils n'avaient plus faim.

TRUDE.

N'as-tu rien apporté ?

KUNTZ *tirant une moitié de pain de sa poche et la jetant sur la table.*

Rien qu'un morceau de pain ;

Heing me l'a donné : pauvre , il nous l'offre , Trude,
Car il sait que la faim est un tourment bien rude !
Cela nous fera vivre encor pour aujourd'hui.

TRUDE.

Et demain ?...

KUNTZ.

          Les archers viendront : alors!... Celui
Qui souffre et n'ose pas mourir, est un infâme !
Ainsi que j'ai vécu, je veux mourir , ma femme ,
Libre citoyen suisse !

TRUDE.

          Ah ! bon Dieu! qu'as-tu dit?
N'est-il plus de ressource?

KUNTZ.

          Aucune. Le maudit
Est pour toujours maudit !

TRUDE.

          Notre sort est horrible!
Ne me regarde pas d'un œil aussi terrible....
A neuf milles d'ici, Stœffly, ce riche heureux,
Possède au Kanderthal des troupeaux si nombreux
Que les Alpes pourraient se cacher sous leurs laines ;
Il a plus d'or chez lui que de foin dans ses plaines ;
C'est un vil débauché qui dévore son bien :
Chaque soir il est ivre ! il vit seul.... Kuntz.... eh bien !
Si tu pouvais chez lui t'introduire dans l'ombre ,
Ce soir?... Ne fixe pas sur moi ce regard sombre!...

Nous pourrions quelque jour, si Dieu nous bénissait,
Lui rendre.... tu m'entends ?

KUNTZ.

Et s'il nous maudissait?

TRUDE.

Oh ! ce n'est qu'un emprunt, et pourvu qu'on le rende,
On peut... Un vol ! un vol ! que Dieu nous en défende !
Non , non !... Pourtant , sauver sa vie et son honneur,
En prenant ce qu'un jour sans doute par bonheur
On pourra remplacer , est-ce un crime ? oh ! non.

KUNTZ.

Femme !

Oses-tu bien encor me regarder, infâme ?
Moi , soldat, qui siégeais à la Diète , autrefois ;
Qui soutins de mon sang les décrets où ma voix
Avait participé ; moi, qui sais lire , écrire ;
Moi , qui de mon pays sais l'histoire, et peux dire
Ce que Guillaume Tell a fait , ce que chacun
En Suisse aux anciens temps fit pour le bien commun ;
Moi, qui même ai reçu, pour prix de mon courage ,
Du conseil militaire un glorieux suffrage ,
Quand seul à l'ennemi j'enlevai deux drapeaux ;
Moi, voler !... garde-toi d'un semblable propos.

TRUDE.

Dieu ! ne m'en veuille pas ! quitte cet air sinistre !

KUNTZ.

D'une paroisse à Leuk ton père était ministre ,
Et toi, sa fille ! un vol !... Fi ! n'en rougis-tu pas ?

TRUDE.

Ta colère me tue, oh !... Que ne puis-je, hélas !
Mourir pour te sauver !

KUNTZ.

Dieu te prenne en sa garde !
C'est tout ce que je veux.... le reste me regarde.
Pas un du nom de Kuntz ne fut mis en prison :
Dois-je déshonorer, le premier, ma maison ?
Non, j'y suis résolu, non ! mon dessein est ferme :
Dès qu'il viendront, demain, avant que l'on m'enferme,
Jusqu'au chemin tournant qui mène au Daubensé
Je les suivrai ; là, là... dans le lac élancé....

TRUDE.

O mon Dieu !

KUNTZ.

Ce trépas, auquel je me dévoue,
Est cruel, mais vaut mieux que si l'on désavoue
Ses pères... en volant.

TRUDE.

Oh ! vis... Crois-moi, partons !
Nous irons mendier en de lointains cantons ;
Je ne veux plus revoir les lieux où je suis née,
Et qu'habite une race à nous perdre acharnée.
Loin des Alpes, du moins, en d'autres régions,
On connaît la pitié, l'humanité !... Fuyons !
Fuyons ! abandonnons ces murs à l'anathême !
Ici rien n'est à nous, plus rien, pas un clou même ;
Viens demander l'aumône aux étrangers ; crois-moi,
Ils seront plus humains.

KUNTZ.

Aller mendier !... Quoi !
As-tu perdu le sens? faut-il donc, sur mon âme !
Que je sois ton bourreau? je le serais, oui, femme,
Si j'allais en hiver t'arracher de ce lieu,
Toi, faible créature ! Eh ! quoi ! serait-ce un jeu,
Quand l'avalanche étend le ravage à la ronde,
Quand le ruisseau, partout débordé, s'enfle et gronde?
De mon père on dirait la malédiction
Qui nous jette la mort et la destruction !
La malédiction d'un père nous rassemble,
Et depuis vingt-quatre ans nous la portons ensemble ;
Je dois l'expier seul !... Délivrée à jamais
De moi, qui suis maudit, tu pourras désormais
Gagner ton pain, et non mendier, méprisée !...
Ah ! que jamais ma femme en butte à la risée....

TRUDE.

Et toi ?

KUNTZ.

Pour moi, je veux, maudit, dans l'abandon,
Devant Dieu comparaître en demandant pardon.

TRUDE.

Comment! pour expier l'éternel anathême,
Tu veux ternir l'honneur de tes pères?... Je t'aime,
Et moi, que tu payas si cher, tu peux vouloir
Me plonger dans la tombe avec mon désespoir?

KUNTZ.

Tu dis que se détruire est l'action d'un lâche?

TRUDE.

Fuis les piéges tendus par Satan sans relâche !
Le sang du Rédempteur aussi coula pour nous ;
Prends la Bible ! oh ! prions et chantons à genoux,
Et lavons notre faute en des larmes funèbres.
Quand même sur nos yeux pèseraient les ténèbres,
Oui, le salut pour nous serait possible encor !

KUNTZ.

Et tu dis vrai. Le pas est pénible, d'accord.
Je ne croyais point faire une épreuve aussi rude.

TRUDE.

Eh bien ! prie !

KUNTZ.

            Eh ! depuis vingt-quatre ans, pauvre Trude,
Je n'ose plus prier, depuis la mort du vieux....
Si tu priais pour moi ?

TRUDE.

            Prions donc tous les deux !
      (*A part.*)
La Bible !... A quelle angoisse, hélas! mon cœur se livre !

KUNTZ.

Je vais la prendre.
(*Il prend la Bible sur une tablette au-dessus de la cheminée:
    quand il la présente à Trude, un papier en tombe.*)
            Tiens !

TRUDE.

            Il est tombé du livre
Un papier !

KUNTZ.

Quelques mots écrits sur ce papier!...
Il faut voir. (*Il lit.*)
          « Cejourd'hui vingt-quatre février
« Mil sept cent quatre-vingt, mourut en sa demeure
« Christophe Kuntz, mon père, à minuit... » C'était l'heure!
Puis, une grande croix!... Regarde cette croix!
La malédiction est plus grande, je crois!

TRUDE.

Le frisson de la mort s'empare de mon âme!

KUNTZ.

Quel quantième du mois est-ce aujourd'hui, ma femme?

TRUDE.

Ce qu'on a fait est fait!

KUNTZ.

          L'acte du tribunal?...
Donne....

TRUDE *le lui remettant.*

Oh! prions Celui qui pardonne le mal!

KUNTZ *lisant.*

« Vingt-quatre février. » Ah! mon cœur se resserre!
De sa mort, aujourd'hui, c'est bien l'anniversaire!
Tout s'éclaircit!

TRUDE.

Parle...

KUNTZ.

          Oui. Ce soir, à mon retour,

Je gagnais du Gemmi le tortueux détour
Qui se courbe en serpent, se dresse et toujours monte.
Tu le sais, je suis homme et ne crains que la honte :
Ce chemin, jour et nuit, je l'ai fait bien souvent ;
Pourtant, j'ai ressenti, ce soir même, en suivant
Ce long mur de rochers sans fin.... A ma pensée,
Comme un long rang d'écueils, se peignait retracée
Ma vie... oh! l'on eût dit un de ces défilés
Dont l'issue échappait à mes pas embrouillés :
On rêve ainsi qu'on marche et l'on est immobile...
Au haut de la montagne, enfin, morne et débile
J'arrive, et jetant l'œil sur le ravin profond,
J'ai cru de mon cœur sombre apercevoir le fond !
Je marche à l'orient, et soudain je découvre
Le glacier du Lammern qu'un nuage épais couvre :
Avec son front de neige, oh ! qu'il me rappela
Feu mon père, le jour qu'il était assis là !...

          (*Il montre le fauteuil.*)

Il était mort et bleu... Souvenir qui me pèse !
Vingt-quatre février !... Ainsi qu'une fournaise
Le nuage s'entr'ouvre alors.... J'ai cru sentir
La hache du bourreau sur moi s'appesantir !
Au Daubensé moins froid que le sang dans mes veines
Je parviens en courant.... Comme les clartés vaines
Que ma lanterne au loin jetait s'affaiblissant,
Ma vie allait s'éteindre !... Avec un cri perçant,
Un corbeau qu'attirait la flamme faible et terne,
Noir habitant du lac, s'abat sur ma lanterne,
En serre les parois avec ses ongles gris,
S'y cramponne, en poussant des cris pareils aux cris

Du vieux, quand sous la mort luttait sa tête blanche...
Puis, de son bec jaune, oui, jaune comme le manche
(*Il montre le couteau pendu au mur.*)
De ce couteau... frappant le verre qui bruit!...
D'une faux qu'on aiguise, ô Dieu, c'était le bruit!...
Pour la première fois, femme, je le confesse,
J'eus peur comme un enfant.

TRUDE.

Tu m'épouvantes! cesse.

KUNTZ.

Alors, a pénétré jusqu'au fond de mon sein
La malédiction paternelle!... Assassin!...
Cette poule, qui fit de Kurt un homicide,
J'ai cru la voir dans l'air!...

TRUDE.

Prions Dieu!

KUNTZ.

Parricide!
Les cieux me sont fermés! Oui, terrible, éternel,
L'anathême remplit ce foyer criminel!
(*On entend frapper à la porte.*)

TRUDE.

On frappe!...

KUNTZ.

C'est le vieux qui revient!

TRUDE.

Non, écoute!
Peut-être un voyageur... Faut-il ouvrir?

KUNTZ.

Sans doute !

Fût-ce le diable même, eh ! je ne crains plus rien !
Ouvre.   (*Trude va ouvrir la porte.*)

SCÈNE III.

KUNTZ, TRUDE, KURT.

KURT (*en habit de voyage, avec une giberne, une ceinture
à mettre de l'argent et deux pistolets ; il tient une lanterne
prête à s'éteindre et un long bâton ferré*).

Que Dieu vous garde !

KUNTZ.

Entrez.

KURT.

Voulez-vous bien ?...

(*A part.*)

Que ne puis-je parler encore et satisfaire
Mon cœur, en embrassant !...

KUNTZ.

Pour vous que peut-on faire ?

KURT.

M'accorder cette nuit un asile chez vous.

KUNTZ à *Kurt.*

Volontiers quant au gîte, et pour lit, comme à nous,
De la paille... Restez, si l'offre peut vous plaire.

KURT.

Le voyageur, au coin d'un foyer tutélaire,
Dans un libre entretien, un joyeux abandon,
A bien vite oublié ses fatigues.

KUNTZ.

Soit donc
Pour l'entretien joyeux !... Qu'ici Monsieur dispose
De la cheminée !... Oh! du feu, c'est autre chose!
Je n'ai ni bois, ni pain; rien que ce morceau-là
Pour apaiser la faim qui nous ronge!... Voilà.

KURT (à part).

Combien de mes parens l'état me désespère!
Si je me découvrais ?... Mais éprouvons mon père,
Sans me faire connaître !.... Ai-je enfin leur pardon,
Moi qu'ils avaient maudit ?

TRUDE, bas à Kuntz.

Vois, il a l'air si bon !...

KUNTZ, de même.

Il a l'air ; mais l'est-il ?...

TRUDE faisant tomber la neige qui couvre les habits de Kurt.

Ah! le ciel vous protége,
Puisque vous n'êtes pas englouti sous la neige !
Avez-vous monté seul, dans l'ombre, le Gemmi ?

KURT.

Le crépuscule encor l'éclairait à demi;
Et je suis du pays : j'ai gravi la plus haute
De nos montagnes...

KUNTZ.

Quoi ! vraiment?... Soyez mon hôte ,
Brave compatriote ! Oh ! j'aime tant ce nom !
(*Il lui tend la main.*)

KURT.

Cette main ! oh ! souffrez que je la baise !

KUNTZ.

Non ;
Cette main n'est pas sainte , elle est souillée ! et vite ,
Si tu n'es pas maudit , que la tienne l'évite !

KURT (*à part*).

O Dieu !

KUNTZ.

Vous êtes las? allez dormir enfin :
Nous souffrirons ensemble et le froid et la faim.

KURT.

J'ai dans ma gibecière un flacon d'eau-de-vie ,
Deux bouteilles de vin , du jambon....
(*Il tire ces provisions et les met sur la table.*)

KUNTZ.

Sur ma vie !
Vous êtes un gourmet qui dissipez vos biens ?...

KURT.

Chacun vit comme il peut et selon ses moyens.
A table ! mère Trude, à mes côtés !
(*Ils se mettent à table.*)

TRUDE.

Jeune homme ,

Quoi ! vous savez mon nom ?

KURT.

Est-ce ainsi qu'on vous nomme ?

KUNTZ (*à part*).

Maudit oiseau de nuit !

KURT (*à part*).

Je sens lutter en moi

La joie et la douleur !...

KUNTZ (*à part*).

C'est étrange, ma foi !

KURT (*à part*).

Je sens là comme un poids !

— (*Haut.*) Buvez : trinquons ensemble !

(*Il tire de sa gibecière trois gobelets, et les emplit ; ce qu'il
réitère toutes les fois que le verre de Kuntz se trouve vide.*)

KUNTZ.

Le maître du logis ne doit pas, ce me semble,
Vivre aux dépens d'un hôte !

TRUDE , *à Kuntz.*

Allons , prends ! Ce repas
Qu'on nous offre, Monsieur ne le regrette pas !
Rends la paix à ton âme !

KUNTZ.

Oui, buvons l'un et l'autre...

Au pardon !

KURT.

Au pardon ? Que ma main dans la vôtre...

TRUDE.

Fuis, malédiction !

KUNTZ *et* KURT.

Détourne-toi !

KUNTZ.

Liqueur
Si long-temps regrettée, avec toi dans mon cœur
Un sang nouveau pénètre et dans mes veines coule !

KURT.

Allons, mangez. Voici du jambon, une poule ;
Cela vous donnera des forces : mangez !...

TRUDE.

Quoi !

La poule ?... Non !

KURT.

Grand Dieu !... Ni moi non plus !

KUNTZ.

Pourquoi ?

KURT.

Eh bien ! servez-vous !

KUNTZ.

Non. Le vin, je le préfère :
Il réchauffe !

KURT.

Voyons ; prêtez-moi, bonne mère,
Un couteau ! J'ai perdu le mien.

KUNTZ, *à Trude.*

Prends ?
(*Trude décroche le grand couteau et le présente à Kurt.*)

KURT.

Celui-ci !...
Un autre ?...

TRUDE.

C'est le seul que nous ayons ici.

KURT (*à part*).

Toujours ce sang ! toujours !... Ah ! le malheur s'attache
Après moi !...

KUNTZ.

Vous aussi, vous remarquez la tache ?

KURT.

Quoi ! la tache de sang ?

KUNTZ.

De sang ?... Quand ce serait,
Qui vous l'a dit ?

KURT.

Non... mais... la lame me paraît
Rougeâtre.

KUNTZ.

Versez donc, versez : ma soif est vive !
Et laissons tout cela : c'est passé, mon convive !

KURT.

Oui.... S'il vous reste un fils, buvez à son bonheur !

TRUDE.

O mon fils !

KURT.

Bonne mère !...

KUNTZ, *posant la main sur son verre.*

Assez, assez, d'honneur !
Il est au terme !... Hélas ! que le Ciel nous accorde
Le terme que j'attends de sa miséricorde !

TRUDE.

Et non celui que nous méritons !...

KURT.

Buvez donc !
Que tout soit expié dans un heureux pardon !

KUNTZ.

Encor ?... Plaisant convive et bizarre aventure !
Avec vos pistolets pendus à la ceinture,
Ma foi ! pour un chasseur d'abord je vous ai pris....
Dites, comment la nuit vous a-t-elle surpris ?...

KURT.

Je voulais être à Leuk demain de très-bonne heure.

KUNTZ, *lui serrant la main.*

Soyez le bienvenu dans ma pauvre demeure !
Nous ferons, s'il vous plaît, route ensemble demain !

KURT.

Dieu ! le froid de la mort a glacé votre main !

KUNTZ.

Craignez-vous la mort ?

KURT.

Non. J'ai servi... Je la brave!

KUNTZ.

Vite, au Corps helvétique une santé, mon brave !
J'en étais, moi!... Voyons; contez-nous vos combats!...
Un, terrible, me reste à livrer ici-bas !...

KURT.

Mais, vous aviez un fils?...

KUNTZ.

Brisons là, je l'exige.

TRUDE.

Il se perdit enfant.

KUNTZ.

N'en parlons plus, te dis-je !

KURT.

Je ferai mon récit ; mais vous, auparavant,
Vous, donnez-moi l'exemple !... Ici je vins souvent :
L'auberge de Schwarbach passait pour la meilleure...

KUNTZ.

Diable ! vous savez tout !

KURT.

Combien votre demeure
Est pauvre maintenant ! La misère et la faim !...

KUNTZ.

Quel intérêt ?... Trinquons ! à nos combats !

KURT.

Enfin,

Qui vous a ruinés ?

KUNTZ.

Vous saurez tout, n'importe !...
Soldat, vous connaissez à quels excès nous porte
Notre honneur offensé... Vous semblez interdit ?
A ce trouble, on croirait que vous êtes maudit !

TRUDE, à *Kurt.*

Ah ! pardonnez ! le vin l'égare... Il déraisonne.

KUNTZ.

Je suis robuste encor, bien que mon front grisonne ;
Il n'est pas fort long-temps, je l'étais encor plus :
On ne plaisante pas à la guerre !... Au surplus
J'ai porté bravement le sabre et la giberne ;
J'ai prodigué mon sang ; et le conseil de Berne
Par un certificat me paya deux drapeaux !...
Mon père Kuntz (que Dieu lui donne le repos !)
De cette hôtellerie alors propriétaire,
Avait le sang bouillant... Puis... Non, je veux me taire.

KURT , *présentant son verre à Kuntz.*

A la paix de son âme ! allons !

KUNTZ.

Non , non !

TRUDE.

Trinquez !

A l'expiation !

KUNTZ.

Femme ! vous vous moquez !
Ce vin-là comme un feu brûlerait mes entrailles...
Monsieur, j'aimais mon père !... Au devant des mitrailles,
J'ai marché sans trembler ; mais il tremble, celui
Qui porte l'anathème appesanti sur lui !

KURT.

Laissons cela !

KUNTZ.

Non pas ; sachez tout, camarade.
J'eus mon congé ; mon père était vieux et malade :
Aussi me donna-t-il son auberge à tenir.
J'avais alors trente ans, et je brûlais d'unir
Mon sort, bon ou mauvais, à celui d'une femme.
Plusieurs partis s'offraient, mais un penchant de l'âme
M'attirait constamment vers Trude que voici :
Jolie, elle m'aimait, moi je l'aimais aussi.
Son père était pasteur à Leuk.... Ces gens d'église
Laissent beaucoup d'enfans et rien dans leur valise.
Moins pauvre, je n'avais qu'un asile à donner :
Devais-je avec mépris, grand Dieu ! l'abandonner

Pour un moment d'erreur? oh! non, jamais, mon hôte!
Je l'épousai.

TRUDE.

Malgré son père... Ah! cette faute
A pesé bien long-temps sur son cœur!

KUNTZ.

En secret
Nous étions mariés; mon père l'ignorait:
De là, tous nos chagrins!... Méchant, opiniâtre,
Il soulageait sur nous sa bile acariâtre;
Il donnait à ma femme, avec un ris moqueur,
Des noms, monsieur, des noms qui m'allaient droit au cœur!
Insulter notre femme! oh! c'est une autre injure
Que de nous insulter nous-mêmes, je vous jure!...
Eh! bien! il est de ça vingt-quatre ans, une nuit,
C'était en février, le vingt-quatre, à minuit...
La lune ici jetait son rayon taciturne!
Je revenais de Leuk, d'une fête nocturne,
Au carnaval... J'entrai dans cette chambre-ci;
J'étais fort gai... Ma femme était restée ici
Pour les soins du ménage; et le sexagénaire,
Fâcheux, bourru, grondeur, comme à son ordinaire,
Lui prodiguait les noms les plus injurieux!...
Mon sang prit feu; serrant les poings et furieux...
Elle pleurait!... Pardieu! j'eus tort! mais quelle offense!
Voir maltraiter sa femme, un être sans défense...
Ah! cela fait un mal! n'est-ce pas?... Vous pleurez?

KURT.

Gardons-nous des excès par l'enfer inspirés!...
Mais achevez!

KUNTZ.

C'est vrai ; vous parlez comme un sage.
Oh! si de ma raison j'avais pu faire usage!...
Je m'efforçais de rire et ma bouche écumait ;
Mon père en s'agitant grondait et blasphémait.
Pour moi, la rage au cœur, j'avais l'air impassible :
Le vieux criait plus fort.... Ce n'était pas risible,
Mais je riais !... Je pris cette faux que voilà.
« L'herbe va croître, dis-je, allons, aiguisons-la ;
Que notre cher papa gronde et chante à sa guise,
J'accompagne. » Et tenant cette faux que j'aiguise,
Je siffle ce refrain :

> « Sur la tête un chapeau léger,
> Qu'ombrage une plume gentille ;
> Puis chemisette de berger,
> Où le ruban voltige et brille. »

Je fredonnais gaîment ;
Aussitôt le vieillard, de colère écumant,
Se met à trépigner, hurle, fulmine, jure :
« Sorcière! » cria-t-il à Trude. Cette injure
Dans mon cœur irrité ne porta point à faux !...
Ce couteau qui servait pour aiguiser ma faux,
Cet instrument maudit, au vieillard qui tempête
Je le lance... On eût dit qu'il lui fendrait la tête !...
Le coup ne porta point, n'est-il pas vrai, morbleu ?

TRUDE.

Non.

KUNTZ.

Sa rage fut telle enfin qu'il devint bleu !

« Sois maudit, cria-t-il dans sa fureur extrême,
Toi, ta femme, tes fils! sur vous tous, anathème!
(Ma femme était alors enceinte de trois mois.)
Le vieux se raidissant encore, et d'une voix
Terrible... (il était là, dans ce fauteuil, là même) :
« Anathème sur toi, sur ta race anathème!
Que mon sang soit sur vous! » Et je l'entends crier :
« Soyez comme aujourd'hui bourreaux du meurtrier! »
Frappé d'apoplexie, il meurt!... Mon cœur se glace...
Oui, monsieur, raide mort il tombe à cette place.

TRUDE, *à Kurt.*

Vous pâlissez, monsieur! qu'avez-vous?

KURT.

Rien. Le froid...
Cet effrayant récit... le vin même, je crois...
Allons, buvez, buvez!... L'anathème d'un père
S'efface au moins là haut!

TRUDE, *à Kuntz.*

Tu l'entends?

KUNTZ, *à Kurt.*

Je l'espère!
Ce brutal avec nous n'était jamais d'accord;
Peut être en sa jeunesse il a fait pis encor!...
Lorsque j'étais enfant, il conta dans l'ivresse
Que, par son père un jour blâmé de sa paresse,
Il le prit aux cheveux, et l'osa terrasser!
A la tête du vieux je n'ai fait que lancer
Le couteau!.... S'il est mort, en suis-je cause?... En somme,

'Il était assez vieux , bien assez vieux , cet homme !...
Qui le sait ?... Quand le fils frappe son père, on dit
Que du tombeau ressort la main du fils maudit.
Chansons ! J'ai vu cent fois sa tombe au cimetière ,
Je n'ai pas vu de main... j'ai vu de la bruyère !

KURT.

Mais qui vous a réduits à cette pauvreté ?
Dites....

KUNTZ.

          Depuis sa mort , rien ne m'a profité ;
Et bien que notre amour fût toujours aussi tendre,
La malédiction, j'ai toujours cru l'entendre !
Il semblait que l'esprit du vieux revînt exprès
Se glisser entre nous, oui !... Peu de temps après,
Elle accoucha d'un fils (que Dieu lui fasse grâce !)...
Du signe de Caïn son bras portait la trace :
Une sanglante faux !... La malédiction
Sur Trude apparemment fit telle impression
Que son fils vint au jour, marqué du sceau terrible !...
Il m'a porté, ce fils, le coup le plus horrible !
Ah ! monsieur !... Cependant je lui pardonne aussi.

KURT.

Quoi ! vous lui pardonnez ?

KUNTZ.

                Il est mort! Dieu merci !...
Trude cinq ans plus tard mit au monde une fille :
Oh ! l'on eût dit un ange à la voir si gentille !
                              (*Kurt se lève.*)
Eh bien ! que cherchez-vous ?

KURT.

Rien.... Je ne puis long-temps
Rester au même endroit.

(*Il se promène en long et en large.*)

KUNTZ.

Oui, c'est comme du temps
De mon fils, que l'enfer agitait sans relâche...
Il n'était pourtant pas méchant, stupide ou lâche.
Il était remuant, d'humeur légère... Au fait !
Des malédictions n'était-ce point l'effet?

KURT.

Que sais-je?... Il fait bien froid dans votre hôtellerie !

KUNTZ.

Mon fils avait sept ans ; cette fille chérie
En avait deux alors... C'était, je m'en souvien,
De la mort du vieillard l'anniversaire.... Eh bien !
Trude laissa tomber ce couteau par mégarde ;
Les deux enfans jouaient sans que j'y prisse garde :
Ils avaient vu leur mère auprès d'eux égorger
Une poule !...

TRUDE.

C'est vrai. Je frémis d'y songer :
Elle me rappelait, cette poule sanglante,
Le râle de mon père et sa voix rauque et lente !...

KUNTZ.

« Viens, dit Kurt à sa sœur, allons jouer dehors ;
Je suis la cuisinière et toi la poule. » — Alors

Il saisit le couteau.... Je m'élance à la porte....
Mais trop tard! oui, ma fille était frappée et morte!
Son frère... Vous pleurez?... Mon cœur navré se fend!

KURT.

Et vous l'avez maudit?

KUNTZ.

L'âge de cet enfant
Devant les tribunaux l'exemptait du supplice ;
Mais des tribunaux, moi, je ne fus pas complice ;
Je devais le maudire, oui, certe, et je le fis!

KURT.

Ne pardonnez-vous point à ce malheureux fils ?

KUNTZ.

Je le veux bien. Que Dieu lui pardonne et s'apaise !
Oh! ce n'est plus là-bas que l'anathême pèse!

KURT.

Revint-il implorer son pardon ?

KUNTZ.

Désormais
Je peux lui pardonner, mais le revoir, jamais !

KURT (à part).

Ah! (Haut.) Depuis son départ, sait-on s'il vit encore ?
Ce qu'il est devenu, le sait-on ?

TRUDE.

Je l'ignore.
Kuntz voulait le tuer, et moi, dans ma terreur,

Je craignais pour mon fils sa première fureur !
Je le mis chez mon oncle, homme de conscience,
Recteur qui n'avait pas son égal en science.
« Votre fils a du cœur, m'écrivait-il souvent,
Des moyens, une tête à devenir savant ;
Je crois que son étoile est cependant contraire :
Toujours rêveur, un rien suffit pour le distraire,
Ou bien, sans réfléchir, il est préoccupé ;
Et quand je blâme enfin son esprit dissipé,
En montrant son bras gauche il pleure et se lamente,
Et dit que cette faux nuit et jour le tourmente. »
On m'écrivait ainsi ; mais pourtant le recteur
N'a pas su d'où venait le sceau réprobateur.

KURT.

Et vous l'avez maudit, quand sa fuite ?...

TRUDE.

Oh !...

KUNTZ, bas à Trude.

Regarde !
Ce chasseur est sorcier, il sait tout.... Dieu me garde
De revoir de trop près cet homme-là jamais !

TRUDE, à Kurt.

Sa fuite ! vous savez ?...

KURT.

Moi ? non. Je présumais...

KUNTZ.

Oui ?

TRUDE.

Toujours mécontent, mon fils ne fut pas sage :
Il se sauvait déjà de l'école en bas âge.
Du temps que chez un maître il était apprenti ,
J'entendais tous les jours dire : « Kurt est parti ! »
Mon oncle, pour dompter une humeur si rebelle,
L'avait fait enfermer ; il s'enfuit de plus belle :
C'était ce même jour , vingt-quatre février !
A quatorze ans, soldat au lieu d'être ouvrier ,
Pour la France il partit sans que je le revisse...
Mon oncle a su depuis qu'il est mort au service.

KURT.

Et ce malheureux fils, s'il revenait vers vous ?

TRUDE.

Qui revient de si loin ?

KUNTZ.

C'est se moquer de nous :
Je vous dis qu'il est mort ! il n'est plus nécessaire
D'en parler , diable !

KURT.

Soit. Mais vous, dans la misère !

KUNTZ.

Que vous importe ?... Et puis, votre agitation
Perce dans vos regards , dans chaque question !...
Notre grange brûla, tous nos troupeaux moururent...
Sous l'avalanche un jour nos terres disparurent.
Venant de Kanderstœg , vous avez vu tantôt

Ce vaste éboulement ?... Voilà douze ans bientôt
Que de mon pré fertile il occupe la place.
Habitans et troupeaux engloutis sous la glace!
Ce n'était pas un jeu!... Pour m'achever enfin,
Il fallait s'endetter, sinon mourir de faim.
La dernière récolte, hélas! fut si mauvaise!
Nous vivrons maintenant d'aumône... à Dieu ne plaise!...
Et toujours cette époque amenait un malheur!
Vingt-quatre février; c'est un jour de douleur!

KURT.

Que je plains votre sort! Si je puis à votre aide...

KUNTZ.

Avez-vous de l'argent? prêtez-moi?...

KURT.

Je possède
Quelque argent, il est vrai, qu'au lieu de vous prêter
Je voudrais.... Cependant, sans vous inquiéter,
Attendez à demain... Dieu peut, quand on le prie,
Secourir....

KUNTZ.

Secourir? Demain! Dieu! raillerie....
Dieu? le diable, plutôt!

TRUDE, à Kuntz.

C'est mal remercier!...

KUNTZ.

Moi, je doute toujours. Monsieur, prêtre ou sorcier,
Je ne sais pas encor quel état est le vôtre,
Mais je vous avertis que je hais l'un et l'autre.

KURT.

Père Kuntz !

KUNTZ.

C'est ainsi qu'on me nomme en effet...
Votre vin est fort bon; mais dites-nous , au fait,
Pourquoi vous gravissiez ces montagnes dans l'ombre?

KURT.

L'histoire de ma vie, elle est aussi bien sombre!

KUNTZ.

Touchez là , camarade!

KURT.

Oui , comme votre fils ,
Enfant, je me souviens d'un meurtre que je fis.

KUNTZ.

Ho! ho! nous sommes donc logés à même enseigne !

KURT.

Vous rouvrez une plaie en mon cœur ! elle saigne!...
Effrayé de mon crime , à Berne j'avais fui:
Un monsieur me plaça comme jockey chez lui;
Et de sa confiance entière ce bon maître
M'honora tout d'abord avant de me connaître.
Il était capitaine au brave régiment
Qui devait à Paris périr si tristement....
Son devoir l'appelait : il eut donc la souffrance
De quitter son pays ; je le suivis en France.

KUNTZ.

A Paris? tout était là sens dessus dessous !...

KURT.

Peignez-vous nos glaciers soulevés et dissous ,

Lancés l'un contre l'autre, écrasant les vallées,
Tandis qu'au bruit tonnant des roches écroulées,
Loin de fuir, les bergers, qui ne pâlissent pas,
De mille feux de joie éclairent leur trépas!...

KUNTZ.

Alors vous avez vu d'effroyables tueries,
Les Suisses combattant et morts aux Tuileries?

KURT.

Oui, j'ai vu cette nuit de sang et de fureurs,
Sombre, comme n'osant éclairer tant d'horreurs....
Ah! faut-il qu'un maudit à vos regards étale
La malédiction de cette nuit fatale?...

KUNTZ.

Passez....

KURT.

            Lorsqu'en héros nos frères furent morts
Pour la cause d'un roi qu'ils servaient sans remords,
D'un roi leur allié, qu'en vain ils protégèrent,
D'un roi père des siens, que les siens égorgèrent!...

KUNTZ.

Quand il peut faire mal, le diable est triomphant;
Parfois le père meurt des mains de son enfant!

KURT.

Mon maître fut sauvé par mes soins tutélaires.
Il résolut de fuir les fureurs populaires :
Les noms de malheureux et de concitoyen
Nous unissaient tous deux par un même lien;

Mon vif attachement, mon humeur vagabonde,
Tout m'aurait sur ses pas conduit au bout du monde ;
Avec le peu d'argent comptant qui nous restait,
Nous montâmes à bord d'un vaisseau qui partait,
Et jusqu'à Saint-Domingue, après mille traverses,
Nous allâmes chercher des fortunes diverses.

KUNTZ.

Aller au Nouveau-Monde, oh ! c'est aventureux !

TRUDE.

Dans ce beau pays-là , comme on doit être heureux !

KURT.

Oui , lorsque l'on est pur de cœur et d'âme ensemble ,
Sinon le Nouveau-Monde à celui-ci ressemble...
Mon maître acquit des biens ; pendant notre séjour
Je lui devins plus cher encor de jour en jour.
Il disait en riant : « Je joue ici ma vie ! »
Et je suis cause, hélas ! qu'elle lui fut ravie !
L'air qu'un maudit respire est bien contagieux !
La fièvre jaune alors m'atteignit sous ses yeux ,
Et victime des soins d'une amitié hardie,
Il mourut dans mes bras de cette maladie !

KUNTZ (à part).

L'autre devint tout bleu, quand le couteau tomba !

KURT.

Ah ! d'où vient qu'à la mort le Ciel me déroba,
Moi , coupable d'un meurtre !... Alors j'eus en partage
Et ses plantations et tout son héritage.

J'etais riche, et toujours j'avais le cœur serré...
Hélas ! par le remords lorsqu'on est ulcéré,
Tout l'or du monde entier n'éteindrait pas la flamme
Qui va nous consumant sans cesse au fond de l'âme !

KUNTZ , à Trude.

Entends-tu ce qu'il dit ?

KURT.

Mais je pus entrevoir
Un rayon d'espérance après ce désespoir :
La grâce sert d'égide à l'âme criminelle,
Comme sur ses petits la poule étend son aile.
J'avais pressentiment que mes péchés un jour
Me seraient tous remis en Suisse à mon retour ;
Dans un vague lointain , d'une oreille attendrie,
J'entendais les torrens, les lacs de la patrie
Me dire : « Viens, viens donc !.. » Et mes yeux croyaient voir,
A l'aspect de mes maux, les glaciers s'émouvoir
Et me répéter : « Viens !... » Et du fond des ravines,
Du sommet des rochers, comme des voix divines ,
Les clochettes d'airain de nos mille troupeaux
Disaient : « Viens parmi nous retrouver le repos ! »
Mon étoile semblait me signaler ma route...
Je suis donc revenu ; mes bons parens sans doute
Vont être après vingt ans bien surpris de me voir ;
Je rapporte avec moi de l'or, tout mon avoir...
Demain, de Kandersteg, on m'enverra ma mule ;
Alors, sans qu'un bon fils plus long-temps dissimule ,
J'embrasse mes parens : leur malédiction
Se changera, j'espère, en bénédiction.

Demain , fils repentant , j'ai le sort que j'envie ,
Et commence près d'eux une nouvelle vie.

KUNTZ.

Où sont-ils , vos parens ?

KURT.

Ici... tout près d'ici ,
Une lieue environ.

KUNTZ.

Bon ! j'ignorais ceci.
Pardon , jusqu'à présent j'avais cru , chose étrange !
Qu'à trois milles autour il n'est pas une grange....
Mais nous n'avons jamais , nous autres gens grossiers ,
Ouï parler nos lacs et chanter nos glaciers.
En voyage on apprend des choses bien nouvelles !

TRUDE.

Vous étiez à Paris... Savez-vous des nouvelles
De mon pauvre fils ?

KURT.

Kurt ?

KUNTZ (à part).

D'où sait-il ce nom là ?

TRUDE.

On dit qu'il fut tué : la Terreur l'immola.

KURT (à part).

Éprouvons-les. (Haut.) Hélas ! si ma mémoire est sûre,
Il tomba dans mes bras, mourant d'une blessure.

TRUDE.

Que ne vit-il encor? je lui pardonnerais!

KURT, *sur le point de se jeter à ses pieds.*

Oh!

KUNTZ.

Grimaces, monsieur! Pour un peu, je croirais
Qu'on veut nous effrayer!.. Nous sommes bons d'entendre...
Bonsoir! dans ce réduit vous pouvez vous étendre!

TRUDE.

Sur un bon lit de paille arrangé de ma main.

KURT.

Voulez-vous m'éveiller à huit heures demain?

KUNTZ.

Ce ne sera pas moi, mais les archers qui viennent
Me conduire en prison demain, s'ils s'en souviennent.

KURT.

Dieu juste!

KUNTZ.

Bien parlé.

KURT.

Vous dites qu'ils viendront?...

KUNTZ.

A huit heures. Allez, ils vous réveilleront!

KURT.

Non, je desire alors qu'à sept on m'avertisse.

KUNTZ.

Oui, vous craignez d'avoir affaire à la justice ?
Elle vous connaît donc ?

KURT (*à part*).

Le sommeil, je le sens,
Tant je suis agité, se refuse à mes sens !

KUNTZ.

Eh bien ?...

KURT.

Bonne nuit !

KUNTZ.

Soit.

KURT (*à part*).

Avec l'erreur peut-être
La malédiction va bientôt disparaître !

TRUDE.

Dormez en paix !
(*Elle allume la lanterne de Kuntz à la lampe qui se trouve sur la
table, et la remet à Kurt.*)

KUNTZ.

Priez pour chasser les démons !
(*Kurt entre dans le cabinet avec sa lanterne.*)

TRUDE.

Il sort.

KUNTZ.

Mets tout en ordre, et s'il se peut, dormons !

Ce repas, on eût dit le dernier qu'on apprête
Au criminel, avant de lui trancher la tête!...
Demain, avec le monde, oui, j'espère en finir!
                    (Il s'assied dans le fauteuil.)

TRUDE, à part (elle prend le couteau qui est resté sur la
        table, et le remet au clou auprès de la faux.)

Je pense à l'étranger; rien ne peut le bannir
De mon esprit!...

                KURT, seul dans le cabinet.

                Voilà le toit de mon jeune âge!
Brise-toi pour toujours, mon bâton de voyage!
Loin, sermens de vengeance et malédiction!
(Pendant qu'il se déshabille pour se coucher, Trude regarde à
        travers une fente de la cloison.)

                KUNTZ, à Trude.

Femme! écouter ainsi! quelle indiscrétion!

                        TRUDE.

Sa ceinture paraît bien garnie; il la pose
Sur la table....

                        KUNTZ.

                Il l'a prise à quelqu'un, je suppose,
Qui n'aura plus jamais besoin de médecin.

                        TRUDE.

Que dis-tu?

                        KUNTZ.
        Couche-toi.

                KURT, dans le cabinet.

                Je me retrouve au sein

De la même cabane où mes jeunes années
Aux sons du cor lointain s'endormaient fortunées!
C'était un rêve, hélas! oui, mais un rêve d'or.

TRUDE.

Il parle d'or tout seul.

KUNTZ.

Couche-toi, femme, et dor.

TRUDE.

Eh bien! ne gronde pas, mais toi....

KUNTZ.

Non; tout à l'heure.

TRUDE.

Il parlait si souvent de mon fils!

KUNTZ.

Que je meure!
Si tu ne cesses pas, je quitte la maison.

TRUDE.

Kuntz! mon Dieu! quelle idée!... Ah! si j'avais raison,
Si l'enfant dont la perte est pour nous bien amère,
(Pardonne à la tendresse aveugle d'une mère!)
S'il revenait!... Mon cœur s'ouvre encore pour lui!

KUNTZ.

Foi de soldat! je perds patience aujourd'hui!
Trude, te moques-tu? je t'ai fait lire, au reste,
Le récit imprimé de cette nuit funeste
Où ce fourbe étranger prétend qu'il se trouvait :

Tout le régiment suisse où notre fils servait,
Sans qu'un seul échappât, périt, qu'il t'en souvienne !
Ce fils, mort, enterré, tu veux, toi, qu'il revienne ?...
C'est comme si mon père allait ressusciter,
Le visage tout bleu, pour nous épouvanter !
Non, mon fils est bien mort ; va, quand notre heure sonne,
La mort est un endroit d'où ne revient personne.

KURT, *dans le cabinet.*

Que ne me suis-je pas dès ce soir découvert,
Quand déjà nous causions si bien à cœur ouvert !
Comme j'aurais pleuré dans les bras de mon père !...
Mais une horreur étrange, et qui me désespère,
Entre nous élevait un obstacle infernal,
Et dans ma bouche alors mourait l'aveu fatal.

TRUDE, *qui s'était couchée sur la paille dans le fond, se
lève sur son séant.*

Quel est cet étranger ?

KUNTZ.

Va ! sans lui faire injure,
C'est un drôle qui n'a rien de bon, je te jure.

TRUDE.

Ses parens, disait-il, demeurent près de nous ?...

KUNTZ.

Il a menti. L'hiver, hors nous et les hiboux,
Il n'est pas d'habitant qu'on rencontre à la ronde.

TRUDE.

Il a l'air doux.

KUNTZ.

Oui, l'air trompe le pauvre monde.
Ne remarquais-tu pas son air embarrassé,
Son œil étincelant sur nous toujours fixé?
Je dis qu'un vieux soldat s'y connaît, quoi qu'on fasse.
J'en ai vu de ces gens braver la mort en face
Avec un vrai courage, et leur air vagabond,
Leurs regards inquiets n'annonçaient rien de bon :
Ils sont toujours courans, agités…. Je présume
Que le malin esprit sans cesse les consume.

TRUDE.

Bois un coup de son vin, qui te réchauffe un peu!

KUNTZ.

A sa félicité!
(*Il ne cesse de se verser à boire.*)

TRUDE, *presque endormie.*

Qu'il la tienne de Dieu
Au moment où du corps l'âme enfin se dégage.
(*Elle s'endort.*)

KUNTZ.

Dirai-je *ainsi soit-il?* Hélas non ! ce langage
M'est défendu depuis l'exécrable forfait….
Je dois me taire !

KURT, *dans le cabinet.*

O Dieu, par un dernier bienfait,
Sauve-moi des pensers dont le fardeau m'opprime;
Couvre d'un voile épais le souvenir du crime;
Laisse-moi conjurer les mânes de ma sœur,

Qui peut-être à présent, d'un regard de douceur,
Me pardonne le meurtre, et comme une rosée
Verse enfin l'espérance en mon âme épuisée.
Dieu soit loué ! je sens déjà couler mes pleurs !

KUNTZ, *regardant à l'horloge.*

Bientôt minuit ! Demain finiront mes malheurs !
Demain je serai mort avant que midi sonne...
Comme ils poussent des cris les hiboux !... je frissonne ;
Cela veut dire : « Kuntz ! cours au lac ; il t'attend !... »
Doit-il en être ainsi ?... Mourir ! mourir pourtant !...

TRUDE, *rêvant.*

Ah !

KUNTZ.

Même en son sommeil, quels remords la poursuivent !
Ah ! maison de malheur où les crimes se suivent !...
Ici.... Cet homme seul y peut dormir encor !
Il a de l'or ! eh bien ! qu'il le garde, son or !
J'ai son vin ; mais doit-il, ce vin qu'on m'abandonne,
Me faire éviter l'eau ?...Non, morbleu !... Qu'il me donne
Son or... Voilà du moins ce qui me sauverait !...
Oh ! quelle horrible idée un démon m'inspirait !

TRUDE, *toujours rêvant.*

« Pourquoi ton glaive est-il rouge, pourquoi ?
   Édouard, parle, achève ! »

KUNTZ.

Elle chante en dormant ! Prêtons un peu l'oreille.

TRUDE, *de même.*

« Un vautour est mort sous mon glaive. »

KUNTZ.

Son haleine est pénible ! il faut que je l'éveille ;
C'est un rêve sans doute, un rêve plein d'effroi
Qui l'accable !

TRUDE, *de même.*

« Un vautour est mort sous mon glaive ! »

KUNTZ, *haut.*

Allons, Trude !

TRUDE, *se réveillant.*

Eh bien !

KUNTZ.

Qu'as-tu ? dis-moi.

TRUDE.

Ah ! j'ai le cœur navré !

KUNTZ.

Tu chantais endormie.

TRUDE.

Moi ?

KUNTZ.

L'air du vautour mort, tu sais, ma pauvre amie ?

TRUDE.

Cet air revient toujours à mon esprit chagrin !

KUNTZ.

N'est-ce pas un vieil air dont voici le refrain ?

« J'ai tué mon père !
Mon glaive est rouge, eh bien ! voilà pourquoi !

La faute n'en est pas à moi,
Mais à vous, ma mère ! »

TRUDE.

Oui, mon Dieu, c'est cela !

KUNTZ.

Chanson qui fait frémir !

TRUDE.

J'ai peur.... Viens donc !...

KUNTZ.

Bientôt.

TRUDE.

Je ne puis m'endormir,
Je me lève... Ah ! mon Dieu, ta vengeance est terrible !
(*Elle quitte son lit en pleurant.*)

KUNTZ.

La malédiction est une lèpre horrible !

KURT, *dans le cabinet.*

(*Il se met à genoux.*)
A l'heure de la mort, ô mon divin Sauveur !
Ne m'abandonne pas, seconde ma ferveur ;
En vertu de ta croix abrége mes souffrances ;
Daigne m'ouvrir le ciel, selon mes espérances !
(*Il prie à voix basse.*)

KUNTZ.

Ce glaive rouge !.... ah ! fi ! sottise !... Tout à coup,
J'ai cru sentir tomber la hache sur mon cou !...
J'ai froid !

TRUDE.

J'ai froid aussi.

KUNTZ.

C'est la fièvre !... Que dis-je ?
Ce voleur d'or plutôt (cela tient du prodige !)
Nous a jeté des sorts !... Si j'en étais certain,
On règlerait son compte avant demain matin...
A la guerre, après tout, j'ai coupé bien des têtes !

TRUDE, *avec effroi.*

Coupé des têtes !

KUNTZ.

Bon ! à cela tu t'arrêtes ?
Qui peut te faire peur ? le testament du vieux ?
Fi donc !

(*Jetant un coup d'œil sur l'horloge.*)

Ce balancier marche vite à mes yeux !...
Fais-moi du feu ! j'ai froid.

TRUDE.

Oui, mais du bois, en ai-je ?

KUNTZ.

Prends donc la faux...Demain, demain!.. Dieu nous protége!
Nous n'aurons plus besoin de ce triste instrument :
Il a bien mérité le feu, j'en fais serment.

TRUDE.

Un frisson me saisit alors que j'en approche !
(*Elle décroche la faux et brise le manche pour en allumer du feu.*)

KURT , *dans le cabinet.*

(*Il a fini sa prière et se relève.*)

Mes péchés sont absous , et mon bonheur est proche ;
Heureux pressentiment, oh! si tu me trompais !...
J'entends toujours ces mots : « La paix ! voici la paix !... »
Mais déjà le sommeil me gagne; enfin j'espère
Reposer chaque nuit sous le toit de mon père !...
C'est à ce même clou que j'attachais mon cor.
Mon enfance est bien loin! Je me souviens encor
Que ma petite sœur , fraîche comme les roses ,
Cueillait pour moi des fleurs dans les Alpes écloses...
Cependant, tout-à-coup un invincible effroi ,
Aux lieux où je suis né , vient s'emparer de moi.
(*Il pend ses habits à un clou fixé dans la cloison ; le clou cède et
les habits tombent.*)

KUNTZ.

Qu'est-ce qui tombe là?

TRUDE.

Je ne sais.

KUNTZ.

Je me livre

A mille anxiétés!... Apporte-moi le livre.
(*Trude apporte la Bible et se rassied auprès du feu.*)

KURT , *dans le cabinet.*

On dirait que ce clou refuse maintenant
De porter mes habits... Ce n'est pas surprenant,
Ils sont plus lourds.

KUNTZ , *lisant.*

« Caïn ! qu'as-tu fait de ton frère?

Dit le Seigneur. » Caïn n'eût pas tué son père !

(*Kurt, ayant redressé le clou, y pend de nouveau ses habits ; en ébranlant la cloison il fait tomber le couteau qui se trouve accroché de l'autre côté.*)

TRUDE *effrayée, accourant vers Kuntz.*

Ah !

KUNTZ, *se levant avec précipitation.*

Tiens, j'ai mon projet.

TRUDE.

C'est ce couteau maudit
Qui vient de tomber là.

KUNTZ, *sans l'écouter.*

Ne nous a-t-il pas dit,
Cet homme, qu'il était un meurtrier ?...

TRUDE.

Non, certe.

KURT, *dans le cabinet.*

Dieu merci ! je suis sûr du plan que je concerte :
Demain mon domestique, au village logé,
M'amène au point du jour mon mulet bien chargé ;
Alors je me déclare, et mon or fait merveille....
Viens, ô métal puissant, pour qui le monde veille ;
Je te dois mon retour ! Ah ! je t'ai bien gagné
Par un zèle et des soins qui n'ont rien épargné ;
Aux pieds de mes parens je t'apporte avec joie !...
Que ta grâce sur nous, ô mon Dieu ! se déploie !

(*Il se couche.*)

Salut, ô mon pays !

(*Il s'endort ; la lanterne placée sur la table du cabinet s'éteint.*)

KUNTZ.

Cet homme, n'est-ce pas,

Fit un meurtre? Cet homme est proscrit en ce cas;
Sa tête est mise à prix.... j'ai droit à sa dépouille :
La loi ne défend point celui qu'un meurtre souille,
Elle commande même....

TRUDE.

Au nom du Ciel, tais-toi!

KUNTZ.

Je pourrais le tuer, s'il me plaisait, à moi!
Les jours d'un meurtrier sont à qui veut les prendre.

TRUDE.

Au nom de tous les saints!

KUNTZ.

Assez. Tu dois comprendre

Que je n'en ferai rien; je voudrais seulement....
Écoute.... Gardons-nous de perdre un seul moment :
Cet homme est un voleur, c'est un sorcier sans doute,
Et de pareilles gens en Suisse on les redoute....
Je voudrais seulement ma part dans son butin...

TRUDE.

Un crime!

KUNTZ.

Je dois donc accomplir mon destin,

Me jeter dans le lac.... impiété damnable!
Quand la loi me permet un vol si pardonnable!...
Il faut pour me sauver prendre ce qu'il a pris :
Mais non ; tu ne veux pas que je vive à ce prix !

TRUDE.

Moi!

KUNTZ.

Dois-je?....

TRUDE.

Eh bien! fais donc ce que tu veux : je cède.

KUNTZ.

Viens alors! prends la lampe!

TRUDE.

Oh! l'enfer nous possède!

KUNTZ.

Minuit! cette heure-là donne du cœur, morbleu!
Quand mon père viendrait, le visage tout bleu!...
Pourquoi trembler?

(*Trude, la lampe en main, se cramponne au bras de Kuntz, qui
s'avance doucement avec elle vers la porte du cabinet; il heurte
du pied le couteau qui est à terre.*)

Oh! oh! c'est toi?

TRUDE.

Que vas-tu faire?

KUNTZ, *ramassant le couteau.*

Vieux camarade, à moi!

TRUDE.

Du sang!...

KUNTZ.

C'est mon affaire;
Mais un soldat agit avec précaution...

Cet instrument tranchant sert dans l'occasion.
> (*Il entre sans bruit dans le cabinet, avec Trude qui ne le*
> *quitte pas.*)

Quelle odeur de cadavre !

TRUDE.

Oh ! l'effroi m'a glacée !

KUNTZ.

Il dort.... Et sa ceinture, où donc l'a-t-il placée ?
Là-bas, sous son chevet.... Prends !...

TRUDE.

Non !

KUNTZ.

Tu n'oses point ?
Oui, c'est une action honteuse au dernier point !
Certe, il vaut mieux laisser tout cela.... Que t'en semble ?

TRUDE.

Un bon ange t'inspire !

KUNTZ, *mettant le couteau dans sa poche.*

Eh bien ! mourons ensemble
Sans crime.... Mais sans crime ? oh ! non pas !
> (*L'horloge sonne minuit ; il compte haut les coups.*)

Un, deux, trois,
Quatre, cinq, six, sept, huit, neuf, dix, onze, je crois ?...
Assez !... douze ! minuit !... Vieillard que j'entends geindre,
Ce qu'on a fait est fait : cesse donc de te plaindre !....

TRUDE, *l'entraînant vers la porte.*

Sortons !

KUNTZ, *ouvrant la porte et la refermant.*

Je ne pourrai jamais passer le seuil !

TRUDE.

Pourquoi ?

KUNTZ.

N'as-tu pas vu le vieux dans son fauteuil,
Tout bleu, jeter sur moi des regards de menace ?

TRUDE, *après avoir rouvert la porte et regardé dans la
chambre.*

Je ne vois rien.

KUNTZ, *attirant Trude près de lui.*

Viens là, car je n'ai plus d'audace....
Approche-toi de moi.... plus près.... encor plus près....
(*Il serre les mains de Trude dans les siennes et les élève au ciel.*)
Prions tous deux !

TRUDE, *posant à terre la lampe et joignant les mains.*

O Ciel, si tu nous secourais !....

KUNTZ, *en prière.*

Vous qui m'avez maudit, mon père !....
(*A Trude, en lui montrant l'étranger.*)
                                        Que présage
Ce sourire moqueur empreint sur son visage ?
Lui, qui n'est pas maudit, regarde, il rit de moi.

TRUDE *l'entraînant.*

Fuyons le tentateur !

KUNTZ, *levant encore ses mains au ciel.*

Mon père !... (*à Trude.*) Par ma foi !

Il est maudit, cet or! vers lui mon cœur s'élance!
Cet or m'appelle.... écoute, écoute.... Et je balance!

TRUDE.

J'entends bien les hiboux crier....

KUNTZ.

Non, c'est son or,
Et je veux me sauver quand je le puis encor.
D'ailleurs, à cet enfer je suis las d'être en proie....
Vois son air radieux et son rire de joie!...
Riche et maudit, il a le bonheur qui m'a fui....
Et moi, ne suis-je pas un homme comme lui?
Quoi! j'ai fait mon devoir dans des combats sans nombre,
Tandis que ce coquin volait, tuait dans l'ombre!
Et moi, qu'un faux scrupule ici vient arrêter,
Pauvre et maudit, j'irais dans le lac me jeter?
Je peux m'en repentir, mais qu'à cela ne tienne,
Je sauve maintenant et ma vie et la tienne!
    (Il s'élance vers le lit de Kurt, en criant.)
Maudit sorcier! ton or m'appartient!

KURT.

(Lorsque Kunts veut se jeter sur lui pour lui prendre sa ceinture,
        il se réveille en sursaut.)

Au voleur!

A l'assassin!

KUNTZ en fureur tire son couteau et frappe deux coups.

Toi-même! oui, toi, porte-malheur!...

KURT.

Moi!... votre fils.... et vous!...

TRUDE.

Mon fils!

KURT *rassemble ses forces et tire de son sein un papier qu'il leur présente.*

Votre victime!...

Lisez...

(*Il tombe dans les bras de Trude.*)

KUNTZ, *dépliant le papier et l'approchant de la lampe qui est restée à terre.*

Un passeport! Kurt, de Schwarrbach!...

(*Le papier lui échappe des mains.*)

O crime!...

C'est le sang de ton fils, misérable maudit!...

(*Il jette le couteau avec tant de force qu'il le brise.*)

TRUDE, *qui a retroussé une manche de la chemise de Kurt.*

La faux!... c'est notre enfant! ce signe nous le dit!

(*A genoux devant Kuntz.*)

Assassin, prends aussi mon sang! je te le donne!

KURT, *d'une voix mourante.*

Votre père à tous deux aujourd'hui vous pardonne!
La malédiction est expiée!... Adieu!

KUNTZ, *se jetant à genoux aux pieds de Kurt.*

Toi.... me pardonnes-tu?...

KURT.

Du fond du cœur!

KUNTZ.

Et Dieu?...

KURT.

Ainsi soit-il!

TRUDE.

Il meurt!

KUNTZ, *se levant.*

Ce châtiment insigne,
Je l'ai bien mérité! c'est bon, je m'y résigne,
Et je cours me livrer aux rigueurs de la loi.
Après le coup de hache, ô mon Dieu, juge-moi!....
Vingt-quatre février! funeste anniversaire!....
Mais la Grâce est plus grande encor que ma misère!

FIN DU VINGT-QUATRE FÉVRIER.

SCÈNES AJOUTÉES

AU

FAUST

DE GOËTHE.

SCÈNES AJOUTÉES

AU

FAUST

DE GOETHE.

———

Un cimetière.

FAUST, MÉPHISTOPHÉLÈS.

(Le lendemain du jour où Faust a tué Valentin, frère de Marguerite.)

FAUST.

Où me conduis-tu, diable? Depuis hier soir nous marchons sans arrêter, et cependant il me semble que nous sommes encore près de la ville.

MÉPHISTOPHÉLÈS.

Maître, c'est la peur qui vous trompe : lorsque le cerf haletant échappe à la meute furieuse, il traverse bois, collines, plaines et rivières, et croit toujours entendre les aboiemens des chiens.

FAUST.

Diable, vas-tu chercher tes comparaisons dans la Bible ?
Je ne sais, tes paroles font bouillir ma cervelle dans mon
crâne et fondre ma raison. Laisse-moi me recueillir un
moment. Aussi bien, les archers de la justice ont perdu
nos traces.

MÉPHISTOPHÉLÈS.

Par le feu de l'enfer ! tu l'as bien raidement étendu
mort !

FAUST.

Tais-toi, maudit ! J'aurais voulu que ma lame perçât
mon corps au lieu du sien : je suis un meurtrier !

MÉPHISTOPHÉLÈS.

Bah ! vous êtes un brave ! N'avez-vous pas vaillamment
défendu votre vie contre un soudard à moitié ivre ? ce
gros rustre a été payé selon ses mérites.

FAUST.

C'est une étrange chose que l'existence ! Ce malheureux
sortait peut-être du cabaret lorsqu'il est mort : la tran-
sition est brusque. Je sens un remords pourtant.

MÉPHISTOPHÉLÈS.

Vous devenez fou, en vérité ; car la sagesse est de ne
jamais s'inquiéter du passé. Ce qui est fait est fait : il vous
serait aussi impossible maintenant d'empêcher que cela
soit arrivé, que d'aller en paradis au sortir de confesse.

FAUST.

Dis-moi, enfant, n'as-tu pas tenté Ève?

MÉPHISTOPHÉLÈS.

Fi donc! faire pécher une femme est chose plus aisée que trouver un moine honnête homme.

FAUST.

Si tu parlais de telle sorte devant un docteur en robe, tu serais mitré, chapitré et brûlé vif.

MÉPHISTOPHÉLÈS.

Ce serait double emploi; mais laissons de côté le remords, comme vous feriez d'un mauvais syllogisme. Que regardez-vous là avec tant de dévotion? ce n'est point bréviaire ni évangile... (*A part.*) Ici commence le supplice du damné!

FAUST.

Ce sont ces tablettes que tu m'as remises en fuyant....

MÉPHISTOPHÉLÈS.

Oui, elles étaient tombées de la poche du pauvre garçon à qui vous faisiez faire une si horrible grimace : ce coup d'épée avait l'air de lui faire mal au cœur.

FAUST.

Pour l'amour de Dieu...

MÉPHISTOPHÉLÈS.

A votre tour, ayez pitié de mes oreilles : à vous entendre attester Dieu, la Vierge et les Saints, on dirait un capucin ignorant ou un beau théologien en fait de mystères... Homme que vous êtes, vos discours ne sont jamais en rapport avec vos actions.

FAUST, *ouvrant les tablettes.*

Ciel ! j'ai tué le frère de Marguerite !

MÉPHISTOPHÉLÈS.

C'est prendre le Ciel à témoin bien mal à propos. Mais quel nouveau remords vous a procuré cette découverte, qui serait vraiment diabolique ?

FAUST.

Maudit, vois ces lettres, ce portrait !... C'est toi qui m'as rendu le plus criminel et le plus misérable des hommes !

MÉPHISTOPHÉLÈS.

Comment ! tu tiens encore à la qualité d'homme ? Je te supposais des vues plus élevées : tu aurais pu me ressembler un jour.

FAUST.

Monstre ! c'est ta damnable influence qui m'a perdu ! Va-t'en ; ne jette plus sur mon âme ton souffle empoisonné !... Je veux mourir puisque Marguerite ne peut m'aimer désormais ! Je suis un assassin !... Cette fosse semble ouverte exprès pour moi, et j'y trouverai du moins le repos...

MÉPHISTOPHÉLÈS.

Crois-tu ? Mais il n'est pas temps encore ; d'ailleurs la place est retenue. Voici le convoi qui s'avance ; retirons-nous derrière ces cyprès pour éviter quelque malheur, car le docteur Faust est homicide, et sa célébrité ne servirait ici qu'à le faire reconnaître. Quant à moi, bien que j'aie des amis dans les quatre parties du monde, peu de personnes ont eu l'avantage de me voir.

FAUST.

A quoi bon tant de peine pour conserver une vie qui m'est à charge?... Grand Dieu! cette femme éplorée, en habit de deuil, c'est Marguerite !

MÉPHISTOPHÉLÈS.

Et ma fiancée Marthe qui joue la tristesse à ravir ! Combien de godelureaux se laisseraient prendre à cet appât! les larmes d'une femme sont de la glu.

FAUST.

Cachons-nous : je ne puis supporter le spectacle de sa douleur que j'ai causée, moi l'assassin de son frère !

MÉPHISTOPHÉLÈS.

Je savais bien que l'amour de la vie était plus fort que tous les amours ; celui-là du moins est constant, et même il augmente avec les années.

(*Entre le convoi de Valentin.*)

FAUST.

Comme elle est belle ainsi tout en pleurs ! Je voudrais essuyer ces larmes sous mes baisers!... Mais réponds, traître, quel chemin m'as-tu fait suivre? nous avons couru toute la nuit sans nous éloigner de la ville où nous étions hier !

MÉPHISTOPHÉLÈS.

Oui-da ; vous en plaignez-vous? vous avez revu cette belle affligée, et ce soir même vous irez la consoler.... D'ailleurs les ténèbres sont faites pour s'égarer, et, distrait comme je le suis par ce testament que je veux ex-

torquer à cet imbécile d'usurier en faveur des moines
augustins....

FAUST.

Valentin, m'as-tu pardonné en mourant?... Marguerite, as-tu maudit Faust qui se maudit lui-même?...
Combien elle me détestera!

MÉPHISTOPHÉLÈS.

Patience! homme, incroyable assemblage de bien et de
mal, de sensations et de sentimens les plus opposés, tu
tiens à la fois de Dieu et du Diable!

FAUST.

Quand auront-ils fini leurs litanies, qui retardent l'instant où je serai aux genoux de Marguerite?

MÉPHISTOPHÉLÈS.

Les fossoyeurs rejettent la terre sur la bière. Oh!
l'agréable son!... Les vers dévorans sont déjà à leur poste.

FAUST.

Je souhaite la fin de cette triste cérémonie pour voir
ma maîtresse, et pourtant je sens avec effroi s'approcher
l'heure où je la verrai... Si je l'appelais?

MÉPHISTOPHÉLÈS.

Elle croirait ouïr la trompette du jugement dernier.
Faust, penses-tu que le sourire naisse si subitement au
milieu des larmes, le paradis au milieu de l'enfer?

FAUST.

Elle s'en va!... Mon âe court sur ses traces; je veux

la suivre, lui parler, la regarder... Ma vie est là dans
ses yeux!

MÉPHISTOPHÉLÈS.

Ta vie, insensé, est éternelle! Oses-tu juger d'une
pièce dont tu n'as vu que le prologue?

FAUST.

Quels que soient les dangers qui me menacent, je les
affronterai. Cette nuit je rentre dans la ville, et je serai
heureux, ne fût-ce qu'un moment...

MÉPHISTOPHÉLÈS.

En attendant, maître très-sage, venez couper les cheveux du mort pour les sorcières du Broken; moi, je vais
là-bas chercher des osselets parmi les débris putréfiés
de ce qui fut un fameux médecin, et tandis que vous
rêverez amoureusement, je pourrai jouer à ce jeu d'enfant sur la pierre d'une tombe.

Les bords d'un lac.

MÉPHISTOPHÉLÈS seul.

Mille flammes d'enfer! le patron m'appartient! Ce Faust
est déjà plus diable que moi; il a bien profité de mes leçons!... Marguerite est séduite: ce n'était qu'une femme!
Encore un ou deux péchés, ami Faust, et ta vilaine âme
sera payée plus qu'elle ne vaut.

(Astharoth entre.)

ASTHAROTH.

J'en veux ma part, l'enfant!

MÉPHISTOPHÉLÈS.

Oui-da, mon beau seigneur! et de quel droit, s'il vous plaît?

ASTHAROTH.

Du droit du plus fort.

MÉPHISTOPHÉLÈS.

Quoi! sommes-nous des hommes, pour faire ainsi la justice, mon cher maître?

ASTHAROTH.

Le diable emporte la justice!

MÉPHISTOPHÉLÈS.

Mais enfin, n'est-ce pas moi qui ai eu l'idée de m'emparer de l'âme du docteur?

ASTHAROTH.

Sans doute, tu m'as épargné cette besogne.

MÉPHISTOPHÉLÈS.

Ne possédé-je pas entre mes deux cornes cette lettre de change signée de son sang?

ASTHAROTH.

Oui, tu as bien rempli ton office d'entremetteur; donne-moi ce pacte de Faust!

MÉPHISTOPHÉLÈS.

Je vous ferai observer qu'il m'a concédé ses pleins pouvoirs, et que je ne puis sans son consentement...

ASTHAROTH.

Allons, diabloteau, mon ami, gare aux coups de griffes!

Les âmes damnées sont-elles si rares? J'ai besoin de celle-ci pour allumer une de mes chaudières près de s'éteindre.

MÉPHISTOPHÉLÈS.

Eh bien! partageons le différend : je vous donne l'enveloppe, donnez-moi le reste.

ASTHAROTH.

Oh! le joli ergoteur de collége! Dis-moi, mon petit, est-ce à Leipsick ou à Prague que tu as appris les secrets de la scolastique et l'art de tromper les gens avec la langue? Ouais! je veux l'âme et le corps ; aussi bien mes vers de terre attendent cette pâture.

MÉPHISTOPHÉLÈS.

Au nom du Ciel !...

ASTHAROTH.

Drôle, les injures ne me font pas peur, et si tu ne cèdes pas de bonne grâce, j'arrache tes pieds de chèvre pour en faire des manches de poignard !

(*Entre un paysan conduisant un troupeau de cochons.*)

MÉPHISTOPHÉLÈS.

Encore une proposition à vous faire, mon très-haut et très-puissant seigneur : dans un moment je vous apporte l'âme de ce porcher.

ASTHAROTH.

Pouah ! j'aimerais autant celle d'un moine ; c'est de la matière et non de l'esprit ; mais l'âme du docteur Faust est ce qu'il y a de plus subtil en intelligence.

MÉPHISTOPHÉLÈS.

Je ne vous la dispute plus, mon très-redouté prince ; mais je vous supplie, par les couleuvres du grand dragon, de m'accorder une chance contre vous !

ASTHAROTH.

Laquelle, vilain ? Je suis généreux de ma nature, et je n'ai jamais attaqué une âme de femme avant l'âge de la dévotion. Je te voulais du bien, mon fils : tu as les qualités d'un diable de premier ordre ; nous ferons quelque chose de toi.

MÉPHISTOPHÉLÈS.

Qu'en pensez-vous, magnanime Astharoth ? jouons-la, cette âme !

ASTHAROTH.

Quel est ton enjeu ?

MÉPHISTOPHÉLÈS.

Vous êtes sûr d'avance que le sort vous sera favorable : ainsi donc, vous ne risquez rien en me laissant pour consolation l'espérance, qui est un trésor terrestre ! Jouons cette âme à la plus belle lettre !

ASTHAROTH.

Soit, mon joyeux serviteur ; mais j'exige que tu me fasses un de ces contes que tu apprends dans les couvens.

MÉPHISTOPHÉLÈS.

A vos ordres, mon doux maître : aussitôt la partie gagnée par vous, je dirai l'histoire d'un puissant diable qui fut fait camu par un enfant de chœur.... Mais jouons d'abord.

ASTHAROTH.

Tu parles bien, mon fils. Voici justement un livre des saints évangiles tout garni d'enluminures et tout farci d'indulgences, que j'ai volé ce matin à un révérend père qui cuvait son vin.

MÉPHISTOPHÉLÈS.

Commencez, mon vénérable pasteur!

ASTHAROTH.

(*Ouvrant l'évangile et lisant.*)

« Ces démons le suppliaient en disant : *Envoyez-nous* « *dans ces pourceaux, afin que nous y entrions.* »

MÉPHISTOPHÉLÈS.

Cinq cent millions de damnés! vous avez la lettre C ! A mon tour maintenant.

(*Il referme le livre et le rouvre.*)

« *Allez, leur dit Jésus.* »

ASTHAROTH.

Oh ! oh ! qu'avons-nous fait ?...
(*Astharoth et Méphistophélès entrent dans les pourceaux, qui se jettent dans le lac et se noient.*)

UN POURCEAU.

L'âme de Faust est à moi !

(*Un autre pourceau répond en grognant.*)

LE PORCHER.

Hélas ! sainte Vierge, mère de Dieu ! mes bêtes ont le diable au corps ! O mon Dieu ! je suis ruiné, assassiné ! il ne me reste plus qu'à mourir !...

(*Il se précipite dans le lac.*)

UNE VOIX *sortant des eaux.*

J'emporte du moins l'âme de ce pauvre suicide.

FAUST , *entrant.*

Méphistophélès ! A-t-on vu diable plus indocile ? depuis une heure je le cherche partout. Mais aussi pourquoi prendre un valet à qui l'on ne peut donner les étrivières ?

FIN DES SCÈNES AJOUTÉES A FAUST.

LA CHARADE,

COMÉDIE EN UN ACTE ET EN VERS.

PERSONNAGES.

LE BARON DE LIGNOLE.

LA BARONNE.

LOUISE , leur fille.

FÉLIX , leur neveu , officier.

ROSE , femme de chambre.

La scène se passe au château de Lignole, en Picardie.

LA CHARADE.

SCÈNE PREMIÈRE.

ROSE, FÉLIX.

ROSE.

C'est vous, monsieur Félix !...

FÉLIX.

J'arrive dans l'instant.

ROSE.

Quoi ! sans être attendu ?...

FÉLIX.

Ma cousine m'attend.

ROSE.

Mais....

FÉLIX.

Je reviens braver mon oncle et ses charades.

ROSE.

Au château de Lignole, après vos algarades,
Osez-vous reparaître ?

FÉLIX.

Ah ! j'ose encor bien plus :
Je viens me marier.

ROSE.

Juste Ciel !

FÉLIX.

Je déplus
A mon respectable oncle, aussi bon que colère,
Mais à sa fille aussi j'eus le talent de plaire.

ROSE.

Et monsieur le baron voudra-t-il consentir?...

FÉLIX.

Qu'importe?...

ROSE.

Un franc Picard ne peut se démentir :
Monsieur est entêté ; c'est dans le sang.

FÉLIX.

Regarde
Qui des deux doit céder : la baronne est Picarde ;
Et ma tante veut faire, en dépit d'un mari,
Le bonheur de sa fille et d'un neveu chéri.

ROSE.

Moi, je souhaiterais que la noce fût faite.

FÉLIX.

Et moi donc !

ROSE.

Vous aurez une femme parfaite.

On ne voit pas souvent d'aussi brillans partis :
Riche, jolie....

FÉLIX.

Il faut des époux assortis ,
Dit la chanson.

ROSE.

Chansons ! Car, sans votre voyage,
Un autre vous sauvait l'ennui du mariage :
Un monsieur Sphinxinet, insipide animal,
Qui perçoit les impôts et rime bien ou mal,
A subjugué l'esprit du baron de Lignole
Qui le nomme son gendre, et veut....

FÉLIX.

Sur ma parole,
Le fat ne sera pas à la noce aujourd'hui,
Car je vais lui couper les oreilles !

ROSE.

A lui?
Voudriez-vous le rendre ainsi méconnaissable !

FÉLIX.

Va, ce projet d'hymen n'est pas irrévocable.
Mon rival apprendra, peut-être avant demain,
Que l'on ne se bat pas la charade à la main.

ROSE.

Parlez avec respect des charades, de grâce,
Ou craignez chez votre oncle une entière disgrâce.
Dans votre long séjour au château....

FÉLIX.

Je le crois,
J'y venais pour deux jours et j'y restai deux mois.
De voir son grand cousin Louise était contente....

ROSE.

Et monsieur le baron ?

FÉLIX.

Et cette chère tante !

ROSE.

Lorsque vous et votre oncle ensemble vous parliez,
Les cartes se brouillaient et vous vous querelliez.

FÉLIX.

Le matin on se brouille, et le soir on s'accorde.

ROSE.

Les charades étaient des pommes de discorde :
Ne vous ont-elles pas du château fait sortir ?...

FÉLIX.

Je dus, un beau matin, bon gré, mal gré, partir
Pour joindre en garnison mon régiment....

ROSE.

N'importe.
Mais je sais tout, monsieur : j'écoutais à la porte.
Le baron vous montrait, transporté de plaisir,
La nouvelle charade, enfant de son loisir,
Et quand votre cousine, au jardin descendue,
Était au rendez-vous la première rendue,

Il allait, s'emparant de vous pour tout le jour,
Des charades enfin vous inspirer l'amour.

FÉLIX.

Curieuse !

ROSE.

Hélas ! oui ; je suis femme et servante,
Et discrète pourtant : pardon si je m'en vante ;
Aussi n'ai-je rien dit de ce que je savais,
Sinon à la baronne, à sa fille, à Gervais....

FÉLIX.

A tout le monde enfin.

ROSE.

Quel bruit et quel vacarme !
Je voulais à madame aller donner l'alarme.
Le baron furieux en s'agitant criait....

FÉLIX.

Son tranquille neveu dans sa barbe riait....

ROSE.

En aviez-vous alors ?... « Vous partirez, je pense,
Monsieur, vous disait-il ; or, moi, je vous dispense
De perdre en vains délais de précieux instans :
Pour marier ma fille, il n'est pas encor temps. »
Et vous êtes parti, triste et d'humeur maussade....

FÉLIX.

Coupable, hélas ! d'amour et de lèse-charade.

ROSE.

Votre oncle est encor plein de son ressentiment....

FÉLIX.

Je suis plus généreux , et pardonne aisément.

ROSE.

Il me semble , entre nous , qu'un peu de jalousie....

FÉLIX.

De métier ? bah ! jamais je n'eus la fantaisie
De faire une charade....

ROSE.

Enfin d'être ennuyeux.
Mais votre tante encore a d'assez jolis yeux....

FÉLIX.

Folle !... A mon oncle au moins cache bien ma venue !

ROSE.

C'est une attention.

FÉLIX.

Te voilà prévenue....
(*Voyant venir Louise.*)
Louise !... De l'amour ô modèle achevé !
Elle a su deviner que j'étais arrivé !

ROSE.

C'est comme une charade.

FÉLIX.

Eh ! qu'attends-tu, friponne ?

ROSE.

Vous voulez dire Rose.

FÉLIX.

Avertis la baronne
Qu'en son appartement je me rends sur tes pas !

ROSE.

Votre tante, monsieur, ne devine donc pas?

SCÈNE II.

FÉLIX, LOUISE.

LOUISE.

Ici l'on vous attend avec impatience,
Mon cousin ; mais, vraiment, c'est de l'insouciance :
Depuis une heure au moins que vous êtes ici...

FÉLIX.

Cette heure-là, cousine, est courte, Dieu merci !
Quelques momens à peine....

LOUISE.

        Oui, causant avec Rose....

FÉLIX.

Sans crime ne peut-on parler de vous ?

LOUISE.

        Je n'ose
Vous croire, cher Félix, et je le voudrais bien.

FÉLIX.

Je vais continuer avec vous l'entretien.

LOUISE.

C'est la voix de mon père.... Évitez sa présence....

FÉLIX.

Volontiers. Il pourrait regretter mon absence.

LOUISE.

Ménageons-lui plutôt la surprise....

FÉLIX.

Long-temps.

Il nous en saura gre....

LOUISE *le fait passer dans une chambre.*

Quand il en sera temps,

J'irai vous délivrer....

FÉLIX.

Geôlier, de l'indulgence !

SCÈNE III.

LOUISE, LE BARON.

LE BARON.

Mes journaux ?... Cette Rose est d'une négligence !...

LOUISE.

Mon père, avez-vous bien passé la nuit ?

LE BARON.

Comment !

J'ai fait une charade, un chef-d'œuvre en dormant !

LOUISE.

Vous n'en faites jamais d'autres.

LE BARON.

                    Mes nuits sont riches
En beaux vers... Je l'envoie aux Petites Affiches
Du département... Bon ; mais au dîner, ce soir,
Je t'en régalerai.

LOUISE.

            Je brûle de la voir.

LE BARON.

Si tu veux, à présent, je....

LOUISE.

                    Non , je puis attendre.
Vous avez vos journaux à lire.

LE BARON.

                    Il faut s'entendre :
Mes journaux?... la charade ou l'énigme du jour,
Voilà ce que je lis ; et le reste , bonjour !

.   LOUISE.

J'ai le plus vif désir... Mais maman qui m'appelle...

LE BARON.

Oh ! tu n'y perdras rien... C'est , ma foi ! ma plus belle...
Quand Sphinxinet viendra , va , je t'avertirai,
N'en dis mot à personne , et je vous la lirai.

SCÈNE IV.

LOUISE, FÉLIX.

FÉLIX.

Eh! vous en êtes quitte à bon marché, cousine.

LOUISE.

Vous aussi, prisonnier dans la chambre voisine,
Si mon père eût voulu, votre captivité...

FÉLIX.

J'ai déjà, grâce à vous, perdu ma liberté.
Vous savez quel motif m'amène en Picardie?...

LOUISE.

Je m'en doutais.

FÉLIX.

Eh bien?

LOUISE.

Je m'en suis applaudie.
Car, amis dès l'enfance, il me semble bien doux
De partager long-temps mon bonheur avec vous.

FÉLIX.

Je ne veux plus déjà vous nommer ma cousine.

LOUISE.

Votre absence, Félix, me rendait bien chagrine.
Mon père me menace, hélas! d'un autre hymen...

FÉLIX.

Un petit percepteur ?

LOUISE.

       S'il obtenait ma main,
Je mourrais !

FÉLIX.

    Vous vivrez, je puis vous le promettre.

LOUISE.

Je ne vous promets rien ; car mon père est le maître.

FÉLIX.

Après ma tante et moi. Car dût-il commander,
La baronne est cent fois trop femme pour céder :
D'ailleurs, mère prudente, elle voit dans sa fille
Un bien qui ne doit pas sortir de la famille ;
Et moi, de votre cœur possesseur fortuné,
Je défendrai ce bien que vous m'avez donné.

LOUISE.

Courage ! vous prêchez la révolte à merveille.

FÉLIX.

Mais la rébellion qu'ici je vous conseille
Ne craint pas la rigueur d'un arrêt criminel,
Et le juge toujours a le cœur paternel.

LOUISE.

Voici maman.

FÉLIX.

    Formons un complot de famille.

LOUISE.

Faites donc conspirer la mère avec sa fille.

SCÈNE V.

FÉLIX, LOUISE, LA BARONNE.

LA BARONNE.

Félix, je vous sais gré de votre empressement....

FÉLIX.

J'allais passer, ma tante, en votre appartement,
Lorsque j'ai rencontré ma cousine....

LA BARONNE.

On oublie
Une tante....

FÉLIX.

Louise est encore embellie !

LA BARONNE.

Fadaises !... De vous voir mon cœur est réjoui.
Ma lettre à son adresse est donc arrivée ?

FÉLIX.

Oui,
Et pour venir chercher l'ennemi qui s'approche,
Je désertai Paris, mon congé dans ma poche.

LA BARONNE.

Nous vaincrons ; mais il faut jurer....

FÉLIX.

Je jure bien !

LA BARONNE.

D'obéir.

FÉLIX.

Suis-je donc capitaine pour rien ?

LA BARONNE.

Vous, capitaine !

LOUISE.

Vous !

FÉLIX.

Tout autant ; ce haut grade,

Je l'ai su mériter.

LOUISE.

Où donc ?

FÉLIX.

A la parade.

LA BARONNE.

Naguère on s'illustrait dans maint combat cruel ;
Nos héros d'aujourd'hui se battent en duel.

FÉLIX.

Tous les jours ; et moi-même....

LOUISE.

Ah !

FÉLIX.

Qu'un mot vous rassure,

Notre duel eut lieu, mais pourtant sans blessure....
C'est l'usage....

LOUISE.

Comment ?

FÉLIX.

Le premier tire en l'air.

LOUISE.

Après l'hymen, au moins, plus de duels !

FÉLIX.

C'est clair ;

Je n'aurai de querelle alors qu'avec ma femme.

LOUISE.

Méchant ! me faites-vous la cour par épigramme ?

LA BARONNE.

Ne perdons point de temps en futiles discours ;
De quelque expédient cherchons l'heureux secours
Pour conclure l'hymen qu'on me vit entreprendre....
Cette porte est ouverte ; on pourrait nous surprendre.
(Félix ferme la porte à double tour.)
Il faut que le baron ne puisse soupçonner
Votre retour secret....

FÉLIX.

S'il l'allait deviner !

LA BARONNE.

Tenons conseil. Je souffre à cette affreuse idée :
Quel gendre on m'a choisi ! voir ma fille accordée,
Hélas ! au percepteur des contributions !

FÉLIX.

Il faudra qu'en champ clos nous la disputions !

LOUISE.

Mon père estime fort ce faiseur de vers fades ;
Il lui donne ma main par amour des charades.

FÉLIX.

D'empêcher cet hymen il est un moyen sûr :
Avant le sacrement, je tuerai le futur.

LOUISE.

Vous voulez vous tuer ?

FÉLIX.

Non, certes ! je veux vivre
Pour vous....

LA BARONNE, *après un moment de réflexion.*

Oui, votre avis est le meilleur à suivre.
Ce monsieur Sphinxinet n'est pas brave, je croi....

FÉLIX.

Un percepteur ! cela ne se bat pas.

LA BARONNE.

Ma foi !

Chacun son état....

FÉLIX.

Non ; le drôle a du courage :
Ainsi que moi, ma tante, il songe au mariage ;
Bien plus, sans être aimé, sans du moins s'informer
Si la femme qu'il prend un jour pourra l'aimer !
Voyez l'audace.

LA BARONNE.

Un joug imposé par la force !
L hymen et le bonheur font à jamais divorce.

LOUISE.

Quand on n'est pas amant, peut-on donc être époux ?

FÉLIX.

Et quand on est amant ?... Je suis à vos genoux,
Ma charmante cousine.

LA BARONNE.

Oui, mes enfans , j'espère,
Je veux vous marier....

SCÈNE VI.

LES MÊMES ; LE BARON , *à la porte.*

LA BARONNE.

On frappe.

LOUISE.

C'est mon père !

FÉLIX.

Pourquoi cette surprise ? Eh bien ! je vais ouvrir....

LA BARONNE.

Arrêtez ! Voulez-vous lui faire découvrir
Qu'arrivé ce matin ?...

LE BARON.

Ouvrez-moi tout de suite :

Une charade !

FÉLIX.

Il faut recourir à la fuite.

LE BARON.

L'auteur de ce quatrain mérite le fauteuil.

FÉLIX.

On le donne pour moins.

LE BARON.

J'ai du premier coup d'œil

Trouvé le mot...

FÉLIX.

Entrons en pourparler.

LA BARONNE.

Silence ,

Enfans !

LOUISE.

Il va briser la porte....

FÉLIX.

Je balance

A soutenir un siége en cet appartement.

LA BARONNE.

(*Au baron.*)

J'ai mon projet... Monsieur , vous êtes fou , vraiment...

LE BARON.

Madame la baronne....

LA BARONNE.

Ah ! quel affreux vacarme !

LE BARON.

Ouvrez donc !

LA BARONNE.

Je ne puis.

LE BARON.

La réponse me charme.

Vous ne pouvez ouvrir ! me direz-vous pourquoi ?
Êtes-vous seule ?

LA BARONNE.

Non ; Louise est avec moi.

LE BARON.

Que faites-vous ?

LA BARONNE.

Je fais... des charades.

LE BARON.

Madame,

Je ne plaisante pas....

LA BARONNE.

Moi non plus, sur mon âme.
Je viens de composer une charade.

LE BARON.

Ouvrez :

Je brûle de la voir.

LA BARONNE.

Vous la devinerez ?

LE BARON.

A l'instant. Ouvrez donc !

LA BARONNE.

Non , prêtez moi l'oreille.

LE BARON.

Des charades soudain comme l'amour s'éveille !
C'est là le naturel qui perce , en vérité.
Ah ! si de mes leçons vous aviez profité !

LA BARONNE.

Si vous parlez toujours...

LE BARON.

A votre tour : j'écoute.
Parlez.

LA BARONNE.

Vous êtes sûr de deviner ?

LE BARON.

Sans doute.

LA BARONNE.

Si dans une heure donc vous ne devinez point...

LE BARON.

Que de lenteurs ! Voyons....

LA BARONNE.

J'insiste sur ce point :
Je veux alors la mettre en action.

LE BARON.

Oui, certe ;
Beau projet qu'avec vous il faut que je concerte !

LA BARONNE.

Vous y consentez ?

LE BARON.

Oui. La charade, avant tout !

LA BARONNE.

Louise en est charmée.

LE BARON.

Aurait-elle bon goût ?

LA BARONNE.

« VOUS ÊTES MON PREMIER. »

LE BARON.

Moi !

LA BARONNE.

Vous comme tant d'autres.

LE BARON.

Oh ! mes charades sont plus claires que les vôtres !

LA BARONNE.

« VOS CINQUANTE-CINQ ANS COMPOSENT MON SECOND. »

LE BARON.

Et moi , l'ai-je accepté ?

LA BARONNE.

Malgré vous , j'en répond.

LE BARON.

Ensuite ?

LA BARONNE.

« Autant que moi mon tout vous intéresse,
« Et, sans vous consulter, il m'occupe sans cessé ;
« Dans ce moment encor... N'oubliez pas surtout
« Que ma fille n'est pas étrangère a mon tout. »

LE BARON.

Cette charade-là n'est pas facile....

LA BARONNE.

A faire ?

LE BARON.

A deviner.

LA BARONNE.

Tant mieux ; ce n'est plus mon affaire.
Moi, je voudrais déjà la voir en action !

LE BARON.

Quand j'aurai deviné, c'est mon intention :
Je vous seconderai, je veux jouer mon rôle.

LA BARONNE.

Je m'en flatte du moins ; mais j'ai votre parole.
Revenez dans une heure.

LE BARON.

Oui, dans mon cabinet,
Je vais mettre d'abord votre charade au net,
La méditer.... Bientôt je l'aurai devinée.
Madame, à quel journal l'avez-vous destinée ?

LA BARONNE.

A la mairie il faut plutôt l'enregistrer.

LE BARON.

À tous nos amis, moi, je prétends la montrer.

SCÈNE VII.

LES MÊMES, EXCEPTÉ LE BARON.

LOUISE.

Le mot est MARIAGE : ah ! je suis satisfaite
De l'avoir devinée...

LA BARONNE.

Avant qu'elle fut faite ?

FÉLIX.

Ma tante, vous avez un génie étonnant
Pour les charades... Oui, j'y prends goût maintenant.

LOUISE.

Sur de si jolis mots ma mère les compose !

LA BARONNE.

Celles qu'à deviner ton père te propose
Ne t'intéressent guère et t'attristent souvent ;
La dernière surtout...

LOUISE.

Le mot était *Couvent*.

FÉLIX.

Couvent ! cette charade est de l'ancien régime.

LOUISE.

L'ai-je aussi devinée !

FÉLIX.

O charade sublime !
Mariage ! ma tante, admirable ! ce soir
Sur beau papier timbré mon oncle doit la voir.
C'est du classique au moins.

LOUISE, *à sa mère.*

Elle va, je l'espère,
A notre mariage intéresser mon père.

FÉLIX.

En charades, morbleu ! le baron se connaît...
Mais je veux l'envoyer à monsieur Sphinxinet.

LA BARONNE.

A quoi bon ?

FÉLIX.

Je voudrais savoir ce qu'il en pense.

LOUISE.

De donner son avis, mon Dieu ! je le dispense.

FÉLIX.

Il peut croire pourtant, dans sa présomption,
Qu'on a fait la charade à son intention ?

LOUISE.

Il lui faudra convaincre alors une incrédule...

FÉLIX.

Je veux le détromper, d'avance, par scrupule :
J'adresse à mon rival....

LOUISE.

La charade ?

FÉLIX.

Un cartel.

LOUISE.

Vous exposez vos jours !

FÉLIX.

On n'est pas immortel ;
Mais, quoique toujours prêt pour le dernier voyage,
J'aimerais mieux partir après le mariage.

LOUISE.

Ah ! ne partons qu'ensemble...

FÉLIX.

Et bien tard. Sort trop doux !
Louise, on se ferait tuer vingt fois pour vous.

LA BARONNE.

Non, ce serait trop d'une. Enfin je suis frappée
Du projet.... Eh ! ta main vaut bien un coup d'épée !

FÉLIX.

C'est pour rien. Marché fait.

LA BARONNE.

Écrivez-lui !

LOUISE.

Demain.

FÉLIX.

Qu'il renonce à la vôtre, et je lui tends la main.

« Monsieur ,

« Vous êtes , dit-on , un savant en matière de charades ;
« c'est un moyen tout comme un autre de faire connais-
« sance. Je vous prie donc de me donner votre avis sur
« celle-ci , qui me semble très-agréable.

« *Premièrement , j'aime ma cousine Louise.*
« *Secondement , ma cousine ne me hait pas.*
« *Mon tout vous dira , de reste , que vous avez le mal-*
« *heur de n'être pas aimé.*

« Je ne sais pas encore au juste le mot de cette cha-
« rade. Est-ce mon mariage avec ma cousine , ou bien un
« tête à tête avec vous , au pistolet ou à l'épée ? Devinez.

« J'ai l'honneur d'être , etc. ,

« FÉLIX DE LIGNOLE ,
« Capitaine. »

C'est inviter les gens avec délicatesse
A se couper la gorge.

LOUISE.

A cette politesse
Que monsieur Sphinxinet sera sensible !

LA BARONNE.

Au fait,
L'épître n'est pas mal.

LOUISE.

Quel en sera l'effet ?

LA BARONNE.

Il faut à son adresse aujourd'hui la remettre.
Appelez Rose !

FÉLIX.

Rose !

SCÈNE VIII.

LES MÊMES , ROSE.

LA BARONNE.

Allez : que cette lettre
A monsieur Sphinxinet soit rendue à l'instant.

ROSE.

Bon ! j'allais l'avertir que monsieur qui l'attend...

LA BARONNE.

Monsieur de Lignole ?

ROSE.

Oui ; dans ce moment, madame,
Je ne sais quels soucis inquiètent son âme.
Seul dans son cabinet on l'entend remuer,
Parler , marcher , s'asseoir , cracher , éternuer.
En jetant un coup d'œil à travers la serrure....

FÉLIX.

Par habitude ?

ROSE.

Non ; afin d'être plus sûre
Que monsieur n'était pas indisposé....

FÉLIX.

Tant mieux !
C'est un attachement tout-à-fait curieux.

ROSE.

Il m'a fait peine à voir : il relit sans relâche
Un chiffon de papier ; puis il gronde, il se fâche ;
A son courroux succède un silence profond ;
Ses yeux sans regarder s'attachent au plafond ;
Il prend un front sévère, il se met à sourire,
Il feuillette un volume ou s'empresse d'écrire :
L'accouchement approche, et bientôt, j'en ai peur,
Les charades auront une nouvelle sœur.

LA BARONNE, *à Félix.*

Bon ! la mienne déjà lui fait perdre la tête.

ROSE (*à part*).

Pauvre homme ! il ne perd pas grand'chose....

FÉLIX, *à Rose.*

Qui t'arrête ?
Porte ce billet doux ; mais il n'est pas besoin
De dire que mon oncle envoyait...

ROSE.

C'est un soin

Inutile, vraiment : le voisin, je parie,
A l'heure du dîner viendra sans qu'on le prie.

SCÈNE IX.

LES MÊMES, EXCEPTÉ ROSE.

FÉLIX.

Monsieur le percepteur a la tentation
De mettre l'hyménée à contribution.

LOUISE.

Ah ! ne me parlez plus de ce sot personnage.

FÉLIX.

Pas si sot. Il avait, en entrant en ménage,
Une femme adorable, une dot... Calculez :
Ce sont là deux partis pour un.

LA BARONNE, *à Félix.*

Vous cumulez.

FÉLIX.

Je n'étais que cousin, je vais monter en grade.

LA BARONNE.

Venez chez le notaire achever la charade.

LOUISE.

Vous me quittez ? mon cœur accompagne vos pas.

FÉLIX.

Une heure passe vite....

LOUISE.

Oui, quand on n'attend pas.

SCÈNE X.

LOUISE, *seule.*

Félix est, s'il se peut, encore plus aimable !
Sa joie en me voyant était inexprimable....
O le charmant mari que j'aurai là !... Pourtant
Mon père de le voir peut être mécontent.
Ne puis-je adroitement le préparer d'avance
A recevoir Félix ?... Mais, c'est lui qui s'avance.

SCÈNE XI.

LOUISE, LE BARON.

LE BARON.

Mon premier... mon premier... Je m'y perds... M'y voilà !

LOUISE (*à part*).

Il ne me voit pas.

LE BARON.

Oui... non, ce n'est pas cela....

LOUISE (*à part*).

La charade l'occupe.

LE BARON.

Ah ! j'y suis, j'imagine !

LOUISE (*à part*).

Quand il se fâchera, je verrai qu'il devine.

LE BARON.

Si Sphinxinet encore était là pour m'aider !

LOUISE (*à part*).

Mais il ne viendra point.

LE BARON.

Il ne saurait tarder.

LOUISE (*à part*).

Parlons pour mon cousin. L'instant est favorable.

LE BARON.

J'enrage. Mon premier....

LOUISE.

Mon père...

LE BARON.

Misérable
Charade !

LOUISE (*à part*).

Il n'entend rien.

LE BARON.

Il faut y renoncer.

LOUISE.

(*A part*).   (*Haut*).
Que lui dire ?... Hem !... Pardon ! je venais...

LE BARON.

M'annoncer

Que monsieur Sphinxinet arrive ?

LOUISE.

Non, mon père ;

Mais...

LE BARON.

Pourquoi me troubler? chacun me désespère.
Morbleu ! je cherche en vain un instant de repos,
Et je suis obsédé....

LOUISE (*à part*).

Je viens mal à propos ;
Le nom seul de Félix l'irriterait....

LE BARON.

J'atteste

Que j'allais deviner !

LOUISE.

Je me retire...

LE BARON.

Reste.

Tu voulais me parler ? Parle donc !

LOUISE.

Mon cousin

Félix....

LE BARON.

De m'irriter ils ont pris le dessein !
Quoi ! ce mauvais sujet, Félix....

LOUISE.

Un militaire !...

LE BARON.

Sa tante le soutient ; mais j'ai du caractère ,
Je ne veux plus le voir.

LOUISE.

Un neveu !

LE BARON.

L'ennemi
Des charades jamais ne sera mon ami.
C'est assez ; mon projet est arrêté, ma fille ;
Et j'ai l'entêtement d'un père de famille.
Je veux te rendre heureuse, et monsieur Sphinxinet
Est l'époux que déjà mon cœur te destinait.
Laisse-moi... Mon premier... c'est... je dois le maudire !..
Mais Louise le sait : elle peut me le dire
Où me mettre du moins sur la voie.... Où vas-tu,
Louise ?

LOUISE.

Je m'en vais.

LE BARON.

Ces pleurs, l'air abattu...
Tu sais bien que je t'aime !

LOUISE.

Et pourtant tout à l'heure...
Ne m'avez-vous pas dit ?... Voilà pourquoi je pleure.

LE BARON.

T'ai-je dit de pleurer ? Mais changeons de sujet.
Ce mariage aussi n'est encor qu'un projet.

LOUISE.

Avez-vous deviné la charade ?

LE BARON.

Peut-être.

LOUISE.

Et quoi ! vous n'êtes pas courroucé ?

LE BARON.

Dois-je l'être ?

LOUISE.

Oh ! non ; mais je craignais que vous ne le fussiez !

LE BARON.

Comment ?

LOUISE.

Maman m'a dit que vous seul refusiez
D'y consentir...

LE BARON.

A quoi ?

LOUISE.

Vous savez....

LE BARON.

Pas encore ;
Mais quand tu m'auras dit....

LOUISE.

Vous savez tout.

LE BARON.

J'ignore

Ce diable de mot qui....

LOUISE.

S'il est vrai !

LE BARON.

Mais depuis

Que je compte sur toi pour savoir....

LOUISE.

Je ne puis....

LE BARON.

C'est un secret ? Veux-tu que je te le promette ?

LOUISE.

Pour parler j'attendrai que maman le permette...

LE BARON.

Bon Dieu ! que de façons !

LOUISE.

Je ne dois pas trahir

Les secrets de maman.

LE BARON.

Vous devez obéir

Aussitôt que j'ordonne !

LOUISE.

Oui, mais toujours, mon père,
Une fille d'abord obéit à sa mère.

LE BARON (*à part*).

Petite sotte!... Il faut de la douceur...

(*Haut.*)

Eh bien !
Louise, tu veux donc que je ne sache rien?

LOUISE.

Ce n'est pas sans raison qu'on a dû vous le taire...
Mais maman vous fera cet aveu.

LE BARON (*à part*).

Quel mystère !

LOUISE.

Je vous supplie au moins de ne pas la gronder.

LE BARON.

J'aurai de l'indulgence : il en faut accorder
Aux timides essais du talent qui débute.

LOUISE.

A votre jugement son ouvrage est en butte...

LE BARON.

C'est un impromptu ?

LOUISE.

Non.

LE BARON.

Pour vous encourager,
Avec des yeux de père, oui, je veux le juger.

LOUISE.

Ah ! que vous êtes bon !

LE BARON.

Après cette promesse,
Tu peux me dire...

LOUISE.

Non.

LE BARON.

Il faut que je connaisse
Ce mot là tôt ou tard.

LOUISE.

Quand maman reviendra.

LE BARON.

Le mot ?

LOUISE.

Je n'oserais... Maman vous l'apprendra.

SCÈNE XII.

LE BARON.

Je n'oserais, dit-elle : étrange repartie !...
Oser !... une charade !... Et la voilà partie !
Quel peut être ce mot terrible à prononcer !
Louise rougissait... Je ne sais que penser...
Mais ne pas deviner cette sotte charade !...
D'humeur, d'impatience, oui, je serai malade !
Sphinxinet ne vient pas... Que répondre vraiment ?...

On va me demander le mot dans un moment...
Le diable emporte enfin la charade et ma femme!

SCÈNE XIII.

LE BARON, ROSE.

LE BARON.

Rose! c'est fort heureux...

ROSE.

Avez-vous vu madame?

LE BARON.

La réponse?

ROSE.

Monsieur...

LE BARON.

Sans doute il suit tes pas?

ROSE.

Non.

LE BARON.

Comment, non?

ROSE.

Je crains qu'il ne revienne pas.

LE BARON.

Serait-il mort?

ROSE.

De peur ; il a lu votre lettre.

LE BARON.

Ma lettre ?

ROSE.

Je me trompe... et je dois vous remettre...

LE BARON.

Quoi ?

ROSE.

Rien ; mais il m'a dit...

LE BARON.

Achève, explique-toi.

ROSE.

Qu'il ne doit plus vous voir...

LE BARON.

Se moque-t-on de moi ?

ROSE.

Lui ? peut-être.

LE BARON.

Ma canne et mon chapeau. Moi-même,
Je vais confondre enfin ton impudence extrême,
Et si tu m'as menti je te chasse aussitôt.

ROSE.

On vous recevra bien : allez-y voir plutôt...

LE BARON.

Mais tu dis donc que..?

ROSE.

Moi, je ne dis plus rien.

LE BARON.

Rose,

Est-il vrai?...

ROSE.

Vous verrez que je vous en impose?

LE BARON.

Eh quoi ! de mes bontés ce serait là le prix ?

ROSE.

Vous ne le croirez pas...

LE BARON.

J'ai lieu d'être surpris

D'une telle conduite...

ROSE.

Eh ! comment?

LE BARON.

Il me semble

Qu'il veut rompre?...

ROSE.

Au contraire.

LE BARON.

Oui, nous romprons ensemble.

ROSE.

Vous auriez tort.

LE BARON.

L'ingrat !

ROSE.

Il est fier.

LE BARON.

Serviteur.

Ah ! vous me le paierez, monsieur le percepteur !

ROSE.

Le lâche, en recevant les plus rudes aubades,
Dirait merci... quel homme !...

LE BARON.

Il fait bien les charades !

ROSE.

Diable ! à ce beau talent je n'avais pas songé !

LE BARON.

Je lui donnais ma fille... il aura son congé.

ROSE.

Bon ! il ne l'aura pas volé...

LE BARON.

Mais je regrette
Qu'il n'ait pu me servir encore d'interprète,
Deviner la charade...

ROSE.

Ah ! ce n'est que cela !

LE BARON.

Oui, puis-je seul?...

ROSE.

Eh bien! tous deux devinons-la.

LE BARON.

Rose, vous oubliez...

ROSE.

Nenni : je me rappelle
Qu'en ma plus tendre enfance, aux us picards fidèle,
A ces amusemens j'avais souvent recours,
Et, des veilles l'hiver égayant le long cours,
Même je composais, par mon père enhardie,
Ces grimoires, nommés rébus de Picardie.

LE BARON.

Je vais de ton talent voir des échantillons ;
D'ailleurs j'ai deviné...

ROSE.

Tandis que nous parlions?

LE BARON.

Ecoute de ton mieux. C'est moi... Non, une dame,
Pour plaire à son époux, l'a faite...

ROSE.

Une épigramme?

LE BARON, *lisant.*

Vous êtes mon premier, lui dit-elle.

ROSE.

Cherchons
Ce qu'il est ?

LE BARON.

Cherche...

ROSE.

Oui... Non... La femme ?...

LE BARON.

Dépêchons.

ROSE.

Ce monsieur est donc...

LE BARON.

Moi !... Mais il est gentilhomme,
Baron, riche, chasseur...

ROSE (à part).

Je reconnais notre homme.

LE BARON.

Picard, grand amateur de charades...

ROSE.

D'accord ;
Mais ce n'est pas tout...

LE BARON.

Non, je suis... Qu'est-il encor ?

ROSE.

Quand on est marié, qu'est-ce que l'on peut être ?

LE BARON.

Insolente! Corbleu!

ROSE.

La charade? peut-être.

Or attendons la fin.

LE BARON.

Ce début me confond!

« VOS CINQUANTE-CINQ ANS COMPOSENT MON SECOND. »

ROSE.

Votre second est AGE.

LE BARON.

Ah! langue de vipère!

ROSE (à part).

De ce mot redouté comme le charme opère!

(Haut.)

Votre tout, à présent?

LE BARON.

Le tout est fort obscur.

ROSE.

Mais pour vous assurer...

LE BARON (à part).

Quand on n'est que trop sûr...

(Haut.)

O Ciel!... « AUTANT QUE MOI MON TOUT VOUS INTÉRESSE,
ET SANS VOUS CONSULTER IL M'OCCUPE SANS CESSE ;
DANS CE MOMENT ENCORE...» Ah! malheureux époux!
Elle était enfermée!...

ROSE.

Eh bien ! devinez-vous ?

LE BARON.

Mais, dis-moi, quel est-il ?

ROSE.

Le mot de la charade ?

LE BARON.

Non ; le séducteur...

ROSE.

(*A part.*)

Qui ? Quelle enquête maussade
Pour un mari novice en ces affaires-là !

LE BARON.

Par pitié, mon enfant, prends cet or que voilà !...

ROSE.

J'ai beaucoup de pitié !...

LE BARON.

Ce matin, chez madame
Est-il venu quelqu'un ?..

ROSE.

Un jeune homme...

LE BARON.

Ma femme !

Elle a même ajouté : « N'OUBLIEZ PAS SURTOUT
QUE MA FILLE N'EST PAS ÉTRANGÈRE A MON TOUT. »
Ah ! père infortuné !... Jamais âme plus noire...

Moi, son père!... Seize ans, hélas! j'ai pu le croire..!

ROSE.

C'est la foi qui nous sauve.

LE BARON.

Un si sensible affront!...

ROSE (à part).

Ai-je deviné juste : il se frappe le front !

SCÈNE XIV.

LE BARON, seul.

Je ne m'étonne plus, si, dans sa peine amère,
Ma Louise n'osait, rougissant pour sa mère...
Mais oui... sa fille était avec elle au moment
Où... Non : c'est impossible, et jamais... Quel tourment !

SCÈNE XV.

LE BARON, LA BARONNE.

LA BARONNE.

Je vous cherchais, monsieur ; car l'heure convenue
Est passée...

LE BARON (à part).

A son cœur la honte est inconnue !

(*Haut.*)

Madame...

(*A part.*)

Je frémis ; mais allons droit au fait...

(*Haut.*)

Vous étiez tout-à-l'heure enfermée...?

LA BARONNE.

En effet.

LE BARON.

Vous avez refusé de m'ouvrir...?

LA BARONNE.

Oui.

LE BARON (*à part*).

Je tremble !

LA BARONNE.

Eh quoi?

LE BARON.

Vous n'étiez pas seul alors, ce me semble?..

LA BARONNE.

J'étais avec quelqu'un, je dois en convenir...

LE BARON.

La personne..., c'était..?

LA BARONNE (*à part*).

Où veut-il en venir?

LE BARON.

Un homme?

LA BARONNE (*à part*).

Saurait-il?

(*Haut.*)

Qui vous a dit?

LE BARON.

Madame,

Ainsi vous avouez... Me tromper!... c'est infâme!

LA BARONNE.

J'aurais tort de nier ce que vous savez bien,
Et je vous dirai même...

LE BARON.

Ah! ne me dites rien.
Moi, je n'en sais que trop...

(*A part.*)

(*Haut.*)   Et tout ce que j'ignore.
Pauvre époux!

LA BARONNE.

Eh! vraiment, plaignez-le donc encore!
Je le crois très-heureux.

LE BARON.

Fi donc! De ce bonheur
Je me passerais bien... L'indigne suborneur!

LA BARONNE.

Il n'a pas mérité ce nom-là puisqu'on l'aime...

LE BARON.

Cela se peut; mais vous, me le dire à moi-même!...

LA BARONNE.

Mon amour pour ma fille ici m'a fait agir...

LE BARON.

Laissons là ce sujet, vous devez en rougir.

LA BARONNE.

Au contraire, j'ai fait...

LE BARON.

Ah! changez de langage...

LA BARONNE.

Entamons un sujet qui vous plaira, je gage.
Avez-vous deviné ma charade?...

LE BARON (*à part*).

Trop tôt!

LA BARONNE.

Vous vous taisez! eh bien?

LE BARON.

Oui, madame.

LA BARONNE.

Le mot?...

LE BARON.

Vous me le demandez?

LA BARONNE.

Oui.

LE BARON (*à part*).

Quel comble d'outrage!
Ma vengeance... J'ai peine à contenir ma rage...

LA BARONNE.

faudra que, suivant notre condition,

Ma charade, à vos yeux, soit mise en action.

LE BARON.

Est-ce assez m'insulter?

LA BARONNE.

Votre colère éclate...
Vous ne devinez pas..? Vous rirez, je m'en flatte...

LE BARON.

C'en est trop, et je vais...

LA BARONNE.

Là, calmez-vous un peu...
Lorsque je fais enfin des charades...

LE BARON.

Morbleu !
Pour moi, j'eusse aimé mieux que jamais... Quel caprice!

LA BARONNE.

C'est vous, depuis long-temps, qui vouliez que j'apprisse...

LE BARON.

Moi, j'ai voulu?...

LA BARONNE.

Toujours. Vous allez donc savoir
Le grand mot...

LE BARON.

Osez-vous?...

LA BARONNE.

Je ferai mon devoir.

LE BARON.

Il est bien temps !

LA BARONNE.

      Pardon , si j'aimai mieux attendre
Que la chose fût faite...

LE BARON.

      Être forcé d'entendre !...

LA BARONNE.

Mais vous m'approuverez...

LE BARON.

      Il faut nous séparer,
Madame...

LA BARONNE.

    Auparavant je veux vous déclarer...

LE BARON.

Encore... Au nom du Ciel!... La pudeur vous commande
De vous taire... J'en sais plus que je n'en demande.
Si j'avais des témoins !...

LA BARONNE.

      Louise en servira.

LE BARON.

Ma fille, leur complice !... Elle vous confondra,
Cette chère enfant... Mais... ce n'est donc point ma fille?

LA BARONNE.

Elle est digne de vous. La joie en vos yeux brille...
Vous pardonnerez..?

LE BARON.

Ma fille!... O soupçon odieux !...

Non, je ne vous crois pas.

LA BARONNE.

En croirez-vous vos yeux?

SCÈNE XVI.

LE BARON, LA BARONNE, ROSE; FÉLIX, *en uni-forme*, LOUISE, *en grande toilette, suivis d'un notaire.*

FÉLIX.

Mon cher oncle...

LE BARON.

Félix!... Est-ce une mascarade?...

LA BARONNE, *présentant le contrat.*

Nous venons vous prier de signer ma charade.

LE BARON.

Comment, c'était... Et moi, plein d'un soupçon trompeur...

LA BARONNE.

Je ne vous comprends pas.

LE BARON.

Je n'en ai que la peur !

LA BARONNE, *montrant le notaire.*

Monsieur, de ma charade, a bien voulu prendre acte.

LE BARON.

J'ai beau l'examiner, la charade est exacte !

ROSE, *au baron.*

Mariage !... Monsieur, nous n'en étions pas loin !

LE BARON.

Vous, monsieur mon neveu...

FÉLIX.

Nous vous laissons le soin,
Mon oncle, d'achever l'ouvrage de ma tante...

LOUISE.

Vous êtes connaisseur, mon père !

LE BARON.

Es-tu contente ?
Ma parole est donnée ; eh bien ! je la reprend...

FÉLIX, *lui remettant une lettre.*

Lisez : de bonne grâce, en vers, on vous la rend.

LE BARON.

Qu'est-ce ? *A monsieur Félix, capitaine :* on te raille...

FÉLIX.

Je le suis : les salons sont mes champs de bataille ;
Mes exploits à venir, voilà mes protecteurs.

ROSE.

Un capitaine vaut plus de dix percepteurs !

LE BARON, *lisant.*

« Aux charades, Monsieur, je voue un pur hommage ;
« La vôtre me plaît fort, je ne le cache pas,
« Et si de mon avis vous daignez faire cas,
    « J'approuve votre mariage.
                    SPHNXINET. »

Il a deviné, lui ; je l'aurais parié !

ROSE.

Peut-il songer à tout ? il n'est pas marié !

FÉLIX.

Les charades ont droit à ma reconnaissance,
Je leur dois mon bonheur...

LE BARON.

     Vous ferez connaissance.
A monsieur Sphinxinet je veux te présenter ;
Un homme de génie...

LOUISE.

    Ah ! dois-je regretter...

LE BARON.

Sans doute ; ne crois pas que tu me persuades...

FÉLIX.

On ne s'épouse pas pour faire des charades.

FIN DE LA CHARADE.

QUELQUES VERS.

J'en pourrais par malheur faire d'aussi méchans.

ODE.

JOSEPH VERNET[1].

Stat contemplator !
VIRG.

SALUT, aimables sœurs, Peinture et Poésie,
Que fit éclore ensemble un sourire des dieux,
Et qu'Apollon nourrit de la même ambroisie
    Au sein des palais radieux !
J'ai voué mon amour à vos nobles merveilles,
    Et dans mes solitaires veilles
    J'ai rêvé vos brillans lauriers.
Dans ses temples dorés en vain Plutus m'appelle :
La lyre de Virgile et le pinceau d'Appelle
    Ornent seuls mes humbles foyers.

De votre aspect divin parfumez cet asile
Où l'étude et les arts sèment mes jours de fleurs ;

[1] Cette pièce a obtenu une médaille d'argent au concours proposé par l'Académie de Vaucluse en 1826, sous les auspices de MM. Carle et Horace Vernet.

Déesses, secourez ma palette stérile
    Des richesses de vos couleurs.
Immortelle Peinture ! aux accens du poète
        Puisse dans la tombe muette
        Tressaillir l'ombre de ton fils !
Vernet !... D'un doux orgueil à ce nom enivrée,
Je crois déjà te voir, à ta sœur inspirée,
        Prêter tes pinceaux attendris.

« Partons, vieux nautonnier ! la nuit est loin encore ;
« Partons : et que demain, aux yeux des matelots,
« Levant ses mille mâts colorés par l'aurore,
        « Toulon sorte du sein des flots.
« Éole, qui frémit dans la voile arrondie,
        « Fera bondir ta nef hardie
        « Sur le dos des vagues d'azur. »
Le vieillard, appuyé sur sa rame pesante,
Étendit une main vers la mer menaçante
        Qu'environnait un voile obscur :

« Jeune inconnu, vois-tu se préparer l'orage ?
« A des périls certains pourquoi livrer tes jours ?
« Attends donc que Neptune ait épuisé sa rage ;
        « La mer ne gronde pas toujours.
« Vois la vague rouler, blanchissante d'écume ;
        « Déjà l'éclair lointain s'allume :
        « Malheur au vaisseau loin du port ! »
— « Prends cet or, et partons. Que le danger s'apprête,
« Entouré des tableaux d'une belle tempête,
        « Le peintre verra-t-il la mort ? »

VERNET, d'un long adieu saluant l'Italie,
Des arts, enfans du Ciel, poétique berceau,
Viens confier ta gloire à la France embellie
    Par les trésors de ton pinceau !
Accours : LOUIS demande à la toile féconde
    Ces vastes ports où, roi de l'onde,
    Le Commerce meut ses cent bras ;
Et l'immense horizon des plaines orageuses,
Et la barque légère, et ces tours voyageuses
    Dont les flancs portent les combats.

Mais le rivage fuit et le péril approche.
Ramenant sa pensée au port qu'il a quitté,
Le pilote inquiet poursuit d'un vain reproche
    Son avare témérité ;
Aux mugissemens sourds de la mer déchaînée,
    Les rameurs, l'âme consternée,
    Ont oublié leurs chants joyeux :
VERNET, calme et rempli d'une extase muette,
Voit l'abîme qui gronde enfanter la tempête,
    Ainsi qu'un géant furieux.

Dieux ! voici la tourmente ! elle apparaît horrible !
La ténébreuse nuit, qui s'empare des airs,
Voit naître un jour affreux, dont la clarté terrible
    Tombe du flambeau des éclairs ;
L'onde, à torrens pressés, des cieux se précipite ;
    L'onde, des gouffres d'Amphitrite,
    S'élance jusque dans les cieux :
Le fracas redoublé des tonnerres qui roulent

Se mêle au vaste bruit des vagues, que refoulent
    Les aquilons séditieux.

L'impatient naufrage a demandé sa proie.
Le frêle esquif s'égare au gré des vents poussé :
Ainsi la feuille aride au sein des airs tournoie,
    Jouet de l'autan courroucé.
La voile gémissante en lambeaux se divise ;
    L'aviron en criant se brise
    Aux mains du pâle matelot.
Plus d'espoir de salut ! O moment redoutable !
Partout la mort paraît, hideuse, inévitable ;
    La mort rugit dans chaque flot.

Seul, VERNET à la mort montre un front insensible ;
Il embrasse le mât par la lame ébranlé,
Sur la mer qui l'assiége il porte un œil paisible :
    Son cœur serein n'a pas tremblé.
Tandis que le nocher, à son heure dernière,
    Essaie une sombre prière,
    Et lève au ciel des yeux hagards,
VERNET, dont le génie au bruit des flots s'anime,
De l'océan vainqueur, d'un désordre sublime,
    Veut rassasier ses regards.

Ainsi quand, déchirant ses entrailles tremblantes,
Le Vésuve autrefois s'éveillait irrité,
Et de cendre enflammée et de laves bouillantes
    Couvrait une immense cité :
Pline seul vers la mort marcha d'un pas rapide,
    Et de la science intrépide

Son bras soutenait le flambeau ;
De ce grand phénomène il médita l'histoire !
Et les champs engloutis où l'entraînaient la gloire
    Lui gardaient un brûlant tombeau.

Tel encor, de VERNET cet émule célèbre,
Que Rome vit naguère, un pinceau dans la main,
Au fond des vieux tombeaux, labyrinthe funèbre,
    Tenter un périlleux chemin :
Le fil libérateur ne guide plus sa route :
    Perdu sous cette obscure voûte,
    Hélas ! reverra-t-il le jour ?
Mais lui, comme un mourant appuyé sur sa tombe,
Admire, aux derniers feux de sa torche qui tombe,
    L'antique horreur de ce séjour.

VERNET, qui va périr, confie à sa mémoire
De ce sombre tableau les vivantes couleurs ;
Et l'immortel laurier qui couronne sa gloire
    Va croître arrosé par nos pleurs.
C'est VERNET !... Vents, cessez ! flots, respectez sa tête !
    Téthys, qu'honore sa palette,
    Ne prépare pas son cercueil !...
A la France, Téthys a rendu sa présence :
Et de ces bords fameux qu'illustra sa naissance,
    Son beau talent sera l'orgueil.

Que de fois ton pinceau, rival de la nature,
Des tempêtes, VERNET, a reproduit l'horreur !
Sur ta toile muette, une heureuse imposture

Fait mugir la mer en fureur :
Je vois un ciel plombé que la foudre sillonne,
    J'entends le vent qui tourbillonne...
        Fuyons ces livides rochers !...
Mais la scène a changé sous son crayon habile :
Comme le ciel est pur, et la mer immobile !
        La brise invite les nochers.

Sa main a de Phébus dérobé la lumière,
Quand il peint le couchant chargé de pourpre et d'or.
Qui sait mieux de Diane argenter la carrière,
        Semer l'ombre douteuse encor !
Il répand d'un seul trait la chaleur et la vie ;
        Et la nature porte envie
        Aux tableaux que l'art a tracés.
Tu partages, Lorrain, sa gloire fraternelle,
Et le monde chérit la jeunesse éternelle
        De vos lauriers entrelacés !

O cité, que du Rhône arrose l'urne immense,
Ouvre-moi tes remparts en grands hommes féconds ;
Le génie en ton sein a jeté sa semence
        Et se répand en rejetons.
Oui, dans tes murs sacrés Vernet vit la lumière ;
        Enfant, dans les bras de sa mère,
        Il jouait avec un pinceau !
Et moi, dans ton enceinte où m'entraine ma muse,
Poète voyageur, du peintre de Vaucluse
        J'irai visiter le berceau.

Sous la faux de la mort faut-il que tout succombe...!
Ciel ! que vois-je?... mon œil reconnaît ce tableau...
O fils de la peinture, as-tu quitté la tombe
    Armé d'un chef-d'œuvre nouveau?
Voilà ton front serein... C'est toi !... sur les tempêtes
    Ton art prépare ses conquêtes...
    Tu braves Neptune écumeux...
Mais non; une autre main achève ton ouvrage,
Et deux talens rivaux gardent ton héritage,
    Ta palette et ton nom fameux.

Allez, fils de VERNET, Vaucluse vous appelle!
La gloire d'un grand peintre enflamme votre ardeur;
Le front ceint de lauriers, d'une pompe si belle
    Allez relever la splendeur!
Quand les fils de Léda, dans les fêtes antiques,
    Chargés de palmes olympiques,
    Révélaient un sang glorieux,
La Grèce, avec orgueil, nommant ce jour prospère,
A leurs exploits divins reconnaissait leur père
    Et célébrait le roi des dieux.

BALLADE I.

LA HART.

Non loin de Montfaucon, ce gibet éprouvé
Par messire Enguerrand, qui l'avait élevé;
Non loin de son enceinte immense et circulaire,
Où vont s'entrechoquant, au charnier séculaire,
Des squelettes blanchis et des corps en lambeaux,
Qu'assiégent les saisons et la faim des corbeaux ;
S'enfonce un petit champ, gras de poussière humaine,
Toujours blanc d'ossemens que le vent y promène,
Redoutable aux vivans, et que les plus beaux jours
D'une vapeur malsaine enveloppent toujours.

C'est là qu'aux froids rayons de la lune d'automne,
La sorcière, chantant sa chanson monotone,
D'une prodigue main vient semer sans remord
Le chanvre du supplice et des germes de mort.

Et moi, je vous dirai le chant qu'elle répète :
Car mainte fois, la nuit, sous le ciel qui tempête,
Je l'écoute chanter ; et rien qu'à son accent
Mon cœur tremble de battre, et je n'ai plus de sang.

Sus, sus, à Montfaucon, que le crime se rende!
Sus, le chanvre est semé, la moisson sera grande !

    Larrons cachés sous faux semblans,
    Fiers bandits à cottes de mailles,
    Assassins, dans l'ombre tremblans,
    Vous aurez tous part aux semailles
    Que portent ces sillons sanglans.

Sus, sus, à Montfaucon, que le crime se rende!
Sus, le chanvre est semé, la moisson sera grande!
    C'est ce bon chanvre qu'on tissa
    Pour Enguerrand royal ministre,
    Et des trésors qu'il amassa,
    Nu, sur la potence sinistre,
    C'est le seul bien qu'on lui laissa.

Sus, sus, à Montfaucon, que le crime se rende!
Sus, le chanvre est semé, la moisson sera grande!
    Quand je recueillis en enfer
    Cette graine, fille du soufre,
    Les damnés, malgré Lucifer,
    Songeant à ce qu'un pendu souffre,
    Riaient sur leurs râteaux de fer.

Sus, sus, à Montfaucon, que le crime se rende!
Sus, le chanvre est semé, la moisson sera grande!
    Malheur à toi, noble ou vilain,
    Qui foules ce champ sans alarmes;
    Ta veuve et ton fils orphelin
    Se souviendront, avec des larmes,
    De ton dernier collier de lin.

Sus, sus, à Montfaucon, que le crime se rende!
Sus, le chanvre est semé, la moisson sera grande

Les follets, au rire de feu,
Là mêlent leurs danses nocturnes ;
Les spectres, amans de ce lieu,
Passent, repassent taciturnes
Parmi des reflets rouge et bleu.

Sus, sus, à Montfaucon, que le crime se rende !
Sus, le chanvre est semé, la moisson sera grande !
Venez tous, charmes de mon art,
Hâter la sève qui commence ;
Dents de vipère, œufs de lézard,
Embrassez la noire semence
Qui brûle d'enfanter la hart.

Sus, sus, à Montfaucon, que le crime se rende !
Sus, le chanvre est semé, la moisson sera grande !
La hart, qu'un démon au sabbat
De ce chanvre fée a tissue,
Quand le patient se débat,
Jamais ne se brise vaincue
Par le désespoir qui combat.

Sus, sus, à Montfaucon, que le crime se rende !
Sus, le chanvre est semé, la moisson sera grande !
Jamais ce chanvre, de sang teint,
Avec la mort ne fait de trève,
Et des victimes qu'il atteint,
Quand l'affreux supplice s'achève,
Le souffle de vie est éteint.

Sus, sus, à Montfaucon, que le crime se rende !
Sus, le chanvre est semé, la moisson sera grande !

A ce chant rauque et bas, que l'écho redoublait,
De rires et de cris l'air sombre se troublait ;
Et dans le champ peuplé de lueurs sulfureuses
Apparaissaient au loin cent formes vaporeuses,
Hydres aux longs replis, basilics et griffons,
Noirs esprits échappés de leurs cachots profonds,
Fantômes aux yeux blancs, corps à faces de bêtes,
Et des têtes sans corps, et de grands corps sans têtes ;
Tandis qu'à Montfaucon les sorciers assidus
Font bouillir en sifflant la graisse des pendus.

———

BALLADE II.

LE FOLLET ET L'ÉCHO.

LE FOLLET.

Lutin moqueur à la voix indiscrète,
Écho, dis-moi, de ta roche secrète,
N'as-tu pas vu dans le vallon,
Vers le soir, passer ma compagne?
Peut-être un Sylphe l'accompagne,
La priant de nommer son nom?

L'ÉCHO.

Non.

LE FOLLET.

Reconnais-tu celle que je désigne?
Il a la grâce et la blancheur du cygne,
Son corps aux membres arrondis;
Ses yeux imitent deux étoiles :
Te dirai-je enfin que sans voiles
C'est un ange du Paradis ?

L'ÉCHO.

Dis !

LE FOLLET.

Le pesant Gnome en silence l'admire,
Si dans le lac, dansante, elle se mire;
   Et son rire éclate si fou
   Quand son vol errant étincelle,
   Qu'il égare la jouvencelle
   A l'heure où gémit le hibou.

L'ÉCHO.

Où ?

LE FOLLET.

Dans l'herbe grande au fond des cimetières :
Elle s'y joue, et rit les nuits entières
   Parmi les nécromans hideux.
   Son âme, vierge de souillure,
   Échappe à leur amour impure :
   Ai-je un rival au milieu d'eux?

L'ÉCHO.

Deux.

LE FOLLET.

Écho, tais-toi : ma compagne est fidèle ;
Les Sylphes même en vain s'approchent d'elle
   Pour contempler son front charmant ;
   Le jour un glaïeul nous rassemble,
   Le soir nous voltigeons ensemble,
   Et toujours son tendre serment....

L'ÉCHO.

Ment.

LE FOLLET.

Lutin méchant, n'as-tu pas fantaisie
De m'enseigner l'amère jalousie?
    Le mensonge conduit ta voix!...
    Mais si ton oreille sonore
    Connaît ces rivaux que j'ignore...
    Ils sont aimés, je le prévois!

L'ÉCHO.

Vois!

LE FOLLET.

Est-ce l'esprit du vieux donjon qui tombe,
Le noir sorcier, le démon de la tombe,
    Le Salamandre réjoui,
    L'Ondin à la voix murmurante,
    Ou bien le Sylphe, âme odorante
    Du laurier-rose épanoui?

L'ÉCHO.

Oui.

LE FOLLET.

Vengeance, à moi!... Nonobstant son injure,
Je l'aime encor la compagne parjure
    Qui de son amour me priva...
    Je vais tarir le sang profane,
    Déchirer l'aile diaphane
    Du Sylphe qui me l'enleva...

L'ÉCHO.

Va!

LE FOLLET.

Mais quel Follet court là-bas sur l'eau verte?...
Écho menteur , ta fourbe est découverte ;
    Ma haine t'en paiera le prix.
    La compagne que je réclame
    M'apporte ses baisers de flamme
    Et me retrouve plus épris.

L'ÉCHO.

Pris !

BALLADE III.

LA FLEUR DU SANG.

Ayez l'oreille inclinée,
Enfans, à mes mûrs conseils;
Moi, dont la centième année
S'achève dans trois soleils!

Pas d'infernaux sacrifices,
Pas de poisons douloureux,
Pas de sanglans maléfices,
Ni de philtres amoureux,
Si le magique mystère
Néglige un charme puissant,
Une plante de la terre
Qu'on nomme la fleur du sang.

C'est la nuit qu'on la recueille
Sur la tombe fraîche encor,
Et la blancheur de sa feuille
Trahit de loin ce trésor :
Sa fleur, de forme lugubre,
Est d'un noir éblouissant;

Et de sa tige insalubre
S'exhale une odeur de sang.

Savez-vous quelle semence
La fait sourdre du cercueil,
Dès que la lune commence
A lui faire un pâle accueil ?
Mainte sorcière, avec joie,
Au sépulcre obéissant
Jette une vivante proie
D'où naîtra la fleur du sang.

Mais la nature épuisée
Souvent chez l'homme s'endort,
Et la vie est déguisée
Sous le masque de la mort :
Celui que le monde pleure,
Vêtu du linceul glaçant,
Va s'éveiller tout à l'heure...
Éveille-toi, fleur du sang !

Ouvrant sa paupière lourde,
Ce malheureux, à grands cris,
Bat en vain la bière sourde
Avec ses membres meurtris.
Dans sa tombe anticipée,
Il expire en rugissant;
Et l'âme, au corps échappée,
Fait jaillir la fleur du sang.

Enfans, malgré mon vieux âge,
Avec vous j'irai querir

Cette plante dont l'usage
A de quoi faire mourir ;
Car Megg, la pauvre bergère,
A perdu son fils naissant,
Qui, sur un lit de fougère,
Respira la fleur du sang.

Ayez l'oreille inclinée,
Enfans, à mes mûrs conseils ;
Moi, dont la centième année
S'achève dans trois soleils !

BALLADE IV.

LA JEUNE SORCIÈRE.

Oh ! que j'aime à voguer parmi le libre espace,
Sur ce bouleau docile, à la flèche pareil !
Que j'aime à devancer le nuage qui passe,
Et l'aigle qui, joyeux, monte vers le soleil !
La terre sous mes pieds s'efface en un point sombre ;
Je suis reine de l'air et de l'immensité !
O mon balai fidèle, emporte-moi dans l'ombre :
Bien, très-bien ! presse encor ton vol précipité !

Je ne vais point ainsi, des nuits perçant le voile,
Dans la lune cueillir le poison que je veux,
De la voûte d'azur détacher une étoile,
Ou de quelque comète embraser les cheveux.
Non, je n'attache point ma puissance nouvelle
A des œuvres de mal et d'infélicité :
Va, tu connais l'espoir que mon ardeur révèle ;
Va, balai, hâte encor ton vol précipité !

Moi, qui croyais mon cœur à l'amour si rebelle,
Quand j'ignorais encor le Sylphe blanc et beau !
Le Sylphe doit m'aimer, car je suis blanche et belle ;
Et s'il ne m'aimait point, j'aurais goût au tombeau !

Je cours donc demander aux bords de Sylphirie
Le calice de fleurs par mon Sylphe habité...
Ah ! j'ai soif de le voir, d'ouïr sa voix chérie !
O balai, qu'il est lent ton vol précipité !

« Jeune fille, m'a dit mon aïeule sévère,
« Je t'enseignerai l'art qu'enfant je te cachai ! »
Elle m'apprit des mots que le sabbat révère,
Et m'assit au bouleau qu'elle avait chevauché.
Alors je m'élançai vers le pays des Fées,
Dans le vide muet, désert, illimité,
Et la brise emportait mes plaintes étouffées :
« O cher balai, retiens ton vol précipité ! »

Voici venir, domptant sa monture mobile,
La sorcière Norna, dont l'œil vert flamboyait :
« Jeune fille, au sabbat ! » criait sa voix débile :
Mon balai, pour la joindre, en se cabrant ployait...
Mais un si mol accent caressa mon oreille,
Que mon cœur bondissait dans mon sein agité :
« Arrête ! disait-on ; fuis cette horrible vieille ! »
Et mon balai retint son vol précipité.

O mon Sylphe, couché sur la noire phalène,
Qui bourdonnait d'orgueil sous son fardeau léger,
Tu m'apparus riant, et de ta fraîche haleine
S'exhalaient en parfums la rose et l'oranger.
Tu dis : « L'affreux sabbat jaunirait ton visage,
« Amaigrirait ton corps, flétrirait ta beauté :
« Viens, garde tes attraits pour un plus doux usage,
« Fais suivre à ton balai mon vol précipité ! »

Oui, j'ai dans cette nuit vécu toute une vie !
Mon beau Sylphe m'ouvrit son magique séjour ;
Dans l'extase des dieux mon âme fut ravie,
Et je ne m'éveillai qu'aux feux jaloux du jour.
Un serment mutuel a lié nos deux âmes ;
A peine à nos amours suffit l'éternité...
C'est mon Sylphe ! il accourt sur ses ailes de flammes !...
Cesse, cesse, balai, ton vol précipité !

LE

PETIT JOUEUR DE HARPE.

O ma harpe, seul héritage
Que mon vieux père m'a laissé,
Viens attendrir à son passage
L'homme opulent au cœur glacé !
Mon âme souffre, à ses regrets en proie,
Et de la faim je ressens les douleurs.
Harpe fidèle, essaie un chant de joie...
La corde, hélas ! se détend sous mes pleurs !

« O mon fils, » me disait mon père,
D'un pain noir m'offrant la moitié ;
« Le ciel , en qui le pauvre espère,
« Près du malheur mit la pitié.
« Cachons les maux que le sort nous envoie,
« Comme un cercueil que l'on couvre de fleurs ;
« Désespérés , sachons feindre la joie...
« L'homme heureux fuit le spectacle des pleurs. »

O ma harpe ! sois toujours prête
A redire un joyeux refrain ;
La foule à tes doux sons s'arrête...
Mon front reste pâle et chagrin.

La charité veille en vain sur ma voie :
Quand un refus insulte à mes malheurs,
Je me résigne à la mort avec joie ;
Je dis : « Mon père ! » et je verse des pleurs !

SUPPLIQUE

A L'OCCASION

DU PROCÈS DES CHANSONS DE BÉRANGER,

EN 1826.

Lorsqu'à ses pieds grondaient de sourdes haines,
Son front riant reprenait sa gaîté ;
Couvrant de fleurs l'empreinte de ses chaînes,
Il achevait l'hymne de liberté.
Mais tout-à-coup l'hydre qu'il a meurtrie,
Dans ses replis vient encor l'engager...
Ah ! rendez-nous, au nom de la patrie,
    Rendez-nous notre Béranger !

Héros-poète, il évoquait sans cesse
Des souvenirs qui font battre le cœur,
Et de l'esclave ignorant la bassesse,
Il n'avait pas de chant pour le vainqueur.
Mais, en pleurant, il voit dans notre histoire
Que Waterloo reste encore à venger...
Ah ! rendez-nous, au nom de notre gloire,
    Rendez-nous notre Béranger !

Jamais Horace, inondé de Falerne,
Ne surpassa ce poète divin,

Quand sur son luth, que le plaisir gouverne,
Il va chantant les femmes et le vin.
Mais à la cour, dans ses nobles disgrâces,
Pas de Phryné qui l'aille protéger...
Hélas! au nom de Lisette et des Grâces,
    Rendez-nous notre Béranger!

Sa vie est pure; il peut flétrir l'intrigue,
Stigmatiser mouchards, ventrus, préfets,
Du diable Ignace exorciser la ligue,
Et du puissant maudire les forfaits.
Mais voudrait-on le contraindre à se taire
Quand sous Villèle il chanta sans danger?...
Ah! pour l'honneur du nouveau ministère,
    Rendez-nous notre Béranger !

Sous les verroux il gémirait encore,
Lui qui croyait au Dieu des bonnes gens!
Je vois déjà Montrouge, qui l'abhorre,
L'environner de piéges diligens.
Sauvons sa muse en proie à ces poursuites;
De sa rançon nous devons nous charger :
Gardez couvens, évêques et jésuites...
    Rendez-nous notre Béranger!

LE PÉCHÉ

ET LA PÉNITENCE.

CHANSON HISTORIQUE.

Dans ses vieux ans, au saint temps du carême,
Louis quatorze en méditation,
Le ventre creux, l'œil morne, le teint blême,
Achevait seul maigre collation :
« Ah ! disait-il, prévoyais-tu, Molière,
« Que le Tartufe un jour serait mon nom ?...
   « Je dînais avec La Vallière,
   « Et je jeûne avec Maintenon !

« Alors, les arts m'entourant de merveilles,
« Je marchais fier, aux grands hommes mêlé ;
« Lully, Quinault me consacraient leurs veilles,
« Et Jean Racine inspirait Champmêlé :
« Brillante aurore où, jusqu'à Deshoulière,
« De mon soleil tout devint le Memnon !...
   « Je dînais avec La Vallière,
   « Et je jeûne avec Maintenon !

« Dès que j'aimai, l'amour s'en vint étendre
« Sur mes sujets son joug léger de fleurs ;
« Ma cour sembla le royaume de Tendre :

« On n'y voyait que chiffres et couleurs.
« Divinités de grâce singulière,
« Vous souvient-il des bois de Trianon?...
 « Je dînais avec La Vallière,
 « Et je jeûne avec Maintenon !

« L'Europe était tour à tour conviée
« A mes festins, que la foule assiégeait ;
« Et ma famille, hélas ! trop enviée,
« A mes côtés, innombrable, siégeait.
« Reines et rois, ma table hospitalière
« Vous recevait protégés par mon nom!...
 « Je dînais avec La Vallière,
 « Et je jeûne avec Maintenon !

« Condé, Turenne orneront mes histoires :
« J'allai moi-même au passage du Rhin.
« Que de drapeaux! que de belles victoires
« J'ai fait graver sur l'or et sur l'airain!...
« Mais Letellier est mon auxiliaire :
« Ne régnons plus que par le droit canon...
 « Je dînais avec La Vallière,
 « Et je jeûne avec Maintenon ! »

Louis s'arrête, et la porte s'entr'ouvre ;
Spectre vivant, une femme paraît :
Austère et pâle, un cilice la couvre...
« Sire, venez : le confesseur est prêt ! »
Le roi reprend : « Tout change ; l'écolière
« De Loyola fut celle de Ninon...

« Je dinais avec La Vallière ,
« Et je jeûne avec Maintenon ! »

Un peu plus tard , quand sa fin était proche ,
Le roi de France au père Letellier
Dit : « Quels péchés mon règne se reproche !...
« Je vais mourir !... Dieu les veuille oublier !
« Ma pénitence ici-bas journalière
« Fait mon salut, que l'on m'absolve ou non !...
   « Je dinais avec La Vallière ,
   « Et jeûnais avec Maintenon ! »

CHANSON DE HENRI IV.

Çà, petit page, verse à moi !
D'eau tant seulement sois avare....
Sais-tu point que devient le roi,
Le roi de France et de Navarre ?
Ventre saint gris ! ce n'est point moi !
Je tiens un royaume plus digne,
Et vais régnant dessus la vigne :
    Voici que je bois
    De mon vieil arbois !
Chantons, messieurs, à perdre haleine :
Hosanna, Bacchus et Silène !

Çà, petit page, verse à moi !
Le vin soit ma chère maîtresse !
Sa senteur me jette en émoi,
Et sa couleur n'est pas traîtresse.
Mais prenez-y part avec moi :
Toute maîtresse est infidèle,
Et point ne suis jaloux d'icelle....
    Voici que je bois, etc.

Çà, petit page, verse à moi !
Je me recorde que naguère

Gabrielle a faussé sa foi,
Et fit à mes amours la guerre.
Las ! il vous faut boire avec moi
A l'oubli des noises passées ;
Et foin des mauvaises pensées !
   Voici que je bois, etc.

Çà, petit page, verse à moi !
Si le sceptre est chose pesante,
Mon verre, plus léger de soi,
Jamais vide ne se présente.
Ce vin est chrétien comme moi :
Néanmoins pas un ne blasphême
Pour ce qu'il n'eut onc le baptème...
   Voici que je bois, etc.

Çà, petit page, verse à moi !
Fais qu'à pleins godets je m'abreuve !
La mort m'est de petit effroi,
Si la fausse à table me treuve :
Adonc, un long temps après moi,
Au fleuve Léthé, ce me semble,
Je vous convie à boire ensemble !....
   Voici que je bois
   De mon vieil arbois !
Chantons, messieurs, à perdre haleine :
Hosanna, Bacchus et Silène !

A MA FEMME.

J'aurais voulu te dire en prose
(Car on accorde mal la rime et la raison)
   Que désormais mon âme se repose
Sur la foi d'un bonheur qui n'a pas d'horizon.
Un sentiment secret, profond, inaltérable,
Qui nous fait regarder tout le reste en pitié,
A réuni nos cœurs par un lien durable :
Ce n'est plus de l'amour ; c'est plus que l'amitié.
Sans l'éprouver jamais, nous excitons l'envie ;
Car la veille pour nous ressemble au lendemain :
Sous une même étoile, et la main dans la main,
   Nous marcherons dans cette vie,
L'un sur l'autre appuyés jusqu'au bout du chemin.
   Mais gardons-nous de vivre pour le monde :
Isolés au milieu d'un monde indifférent,
Heureux si fortement notre bonheur se fonde
Sur un tendre égoïsme, à nous seuls complaisant !
   Ah ! que long-temps nous trouvions en nous-mêmes
      Cette intime félicité !
   Ah ! que long-temps, en notre obscurité,
Nous ayons, pour goûter en paix ces biens suprêmes,
      Le premier de tous, la santé !

Nous sommes, Dieu merci ! tous deux jeunes encore,
    Et c'est autant de bonheur en espoir.
Des fleurs du souvenir quand l'âge se décore,
Au matin d'un beau jour succède un plus beau soir.
Eh bien ! en attendant la vieillesse lointaine,
    Enivrons-nous de jeunesse et d'amour ;
Et je veux, quand viendra la froide cinquantaine,
T'aimer en cheveux gris, comme le premier jour !

SONNET

A MA FEMME.

Nous avons bien des jours à vivre de moitié,
Jours splendides et purs qu'un vaste horizon dore,
Et dans ces jours si pleins d'amour et d'amitié,
Mon seul culte est à toi, le seul Dieu que j'adore.

Existons l'un par l'autre, et prenons en pitié
Ce monde, que l'ennui d'un faux éclat décore,
Que l'aspect du bonheur a toujours châtié....
Rions : nos fronts joyeux sont sans rides encore !

L'hiver viendra pourtant ; mais pour nous rajeunir,
Retournons en arrière, alors que les orages
Auront courbé nos corps sans briser nos courages :

Le passé revivra dans notre souvenir,
Et, nos âmes d'espoir se sentant rafraîchies,
Le temps rapprochera nos deux têtes blanchies

RONDEAU

EN VIEUX LANGAGE

SUR LE *CROMWELL*

DE VICTOR HUGO.

Dedans *Cromwell*, ce plaisant et beau drame
Qu'eût envié Shakspeare sans diffame,
Je trouve bâme et miel ambroisien :
C'est mon plaisir ; chacun querre le sien !
Pour ce cher livre, amour, de vrai, m'enflamme

Fi des auteurs vivans ou sous la lame !
Ce ne sont pas leurs vers morts que reclame
Ma librairie ; ains j'ai mis pour tout bien
   Dedans : *Cromwell.*

A cor à cri, moi petit, je le clame :
« Cette œuvre aura certe immortelle fame,
« Et puis des sœurs (Apollo sait combien !)
« L'auteur jeta, sans s'appauvrir en rien,
« Tout son génie et sa hautesse d'âme
   « Dedans *Cromwell !* »

RONDEAU

EN VIEUX LANGAGE

A M. CRAPELET,

QUI M'AVAIT ENVOYÉ SA COLLECTION DES *ANCIENS MONUMENS*
DE L'HISTOIRE ET DE LA LANGUE FRANÇAISE.

Au moyen-âge êtes-vous pas vivant,
Quand le bon roi Philippe va prouvant
Le bel édit des gages de bataille [1],
Quand Breton fiert Anglais, d'estoc et taille [2],
Quand Tarascon voit tournois s'émouvant [3]?

Le châtelain de Couci, preux servant
De noble dame, à vous conta souvent
Maux inouïs des cœurs qu'amour travaille,
      Au moyen-âge [4].

[1] *Cérémonies des gages de bataille selon les constitutions du bon roi Philippe.*

[2] *Combat de trente Bretons contre trente Anglais.*

[3] *Pas d'armes de la bergère, maintenu au tournois de Tarascon.*

[4] *Roman du châtelain de Couci et de la dame de Fayel.*

Avec Maillard, séjournez au couvent ',
Moins qu'icelui tousseux , et plus savant ;
Recolligez vieil dicton qui tant vaille,
Proverbe abscons, bien plaisante trouvaille '....
Pour vrai , chacun cuide être , en vous suivant ,
         Au moyen-âge.

' *Histoire de la passion de Jésus-Christ*, par le Père Olivier
Maillard.

² *Proverbes et dictons populaires des* 13ᵉ *et* 14ᵉ *siècles.*

VERS

ÉCRITS SUR L'ALBUM

DE

MADAME LA DUCHESSE D'ABRANTÈS.

Ne vous connaissant pas, quand je lisais, Madame,
Vos ouvrages charmans, dont je sens tout le prix,
Alors, je demandais si c'était une femme
Qui les avait pensés, qui les avait écrits.
Mais, depuis qu'à vos pieds apportant mes hommages,
  J'ai vu l'auteur, tous mes doutes ont fui :
Oui, c'est bien votre main qui colora ces pages,
Dont mon âme est émue et mon œil ébloui !
Eh bien ! je vous admire et vous aime aujourd'hui
    Encore plus que vos ouvrages.

SONNET

A MADAME ANAÏS SEGALAS,

EN LUI CONSEILLANT DE RECUEILLIR SES POÉSIES.

Parmi les champs de fraîche poésie,
Où le Ciel ouvre un immense horizon,
Comme un oiseau qui s'enfuit de prison,
Comme une abeille avide d'ambroisie,

Jeune et légère, à votre fantaisie
Vous voltigez, butinant à foison,
De mille fleurs que cache le gazon,
Une récolte artistement choisie ;

Mais vous semez, négligente, en chemin,
Ces belles fleurs qui cherchaient votre main
Et qu'en passant votre main abandonne.

Ah ! revenez sur vos traces : ces fleurs,
Dont le temps même anime les couleurs,
Pour votre front tressez-les en couronne !

SONNET

A MADAME ***,

EN LUI ENVOYANT UN DE MES OUVRAGES.

Jadis, Madame, aux cours des rois
Maint troubadour eût dit vos grâces,
Et maint chevalier, sur vos traces,
Eût combattu, preux et courtois.

Aujourd'hui, sans vers, sans tournois,
Sans mandores et sans cuirasses,
Le bonheur, exempt de disgrâces,
Se range à jamais sous vos lois.

Le moyen-âge, dans mes veilles,
Voit pâlir toutes ses merveilles
Au rayon de vos yeux brillans :

En vous admirant si jolie,
Le vieux bibliophile oublie
Ses bouquins et ses cheveux blancs.

RONDEAU

A MADAME ***.

Que souhaiter, Madame, pour vous plaire,
Quand du bonheur l'étoile vous éclaire?
Vous êtes belle à rendre un cœur joyeux,
Par votre doux sourire et vos doux yeux,
Par votre esprit qui n'a rien d'éphémère;

Épouse heureuse et plus heureuse mère,
Le mieux pour vous serait une chimère :
Combien ne font, en ce monde ennuyeux,
     Que souhaiter !

Une amitié durable, mais sincère,
Déjà, Madame, entre nous se resserre :
Quel meilleur sort peut me rendre envieux ?
Mais si j'étais Apollon, quoique vieux,
Je saurais bien, comme fit Saint-Aulaire,
     Que souhaiter !

A MADAME ***,

EN LUI ENVOYANT UN DE MES OUVRAGES.

A vous si belle, à vous si gracieuse,
Dont rêvera toujours qui vous vit une fois !
A vous, qui ranimez une âme soucieuse
A l'éclat de vos yeux, au son de votre voix !

A vous, dont le regard a d'invincibles charmes
    Pour nous soumettre à son pouvoir !
A vous, dont le sourire est un rayon d'espoir
    Qu'on ose suivre au prix de bien des larmes !

Ce livre peint mon cœur, noir comme une prison
Avant que votre image eût lui dans ma pensée :
Ainsi, par une nuit ténébreuse et glacée,
    Un astre monte à l'horizon.

Désormais votre image, à mes pas attachée,
Est la muse que j'aime et que je veux prier :
    Je la retrouverai cachée
    Dans mes bouquins et dans mon encrier !

Désormais mes écrits retiendront dans leurs pages,
    Avec bonheur, quelque chose de vous,
Et l'auteur enviera le sort de ses ouvrages
    En les mettant à vos genoux !

A MADAME ***,

EN LUI ENVOYANT UN DE MES OUVRAGES.

Memnon nouveau, frappé de vos rayons,
J'ose mêler ma voix aux voix admiratrices,
Auteur, vouer ma plume, et peintre, mes crayons
    A vos grâces inspiratrices.
    Mais dans ce livre offert à vos genoux
    Ne cherchez pas un trait qui vous ressemble :
    Quand je traçais le malheur des époux,
Pour la première fois alors, que vous en semble?
    Ma pensée était loin de vous.
Car s'il eût fallu peindre une union fidèle
    Aux lois du cœur, aux conseils de l'esprit,
    Sans noirs soucis fourmillant autour d'elle,
Ouvrage d'un amour qui voit et n'a point d'aile,
Union que jamais le monde ne comprit...
    J'aurais choisi la vôtre pour modèle.

ÉPITAPHE DE CHARLES Ier,

ROI D'ANGLETERRE.

Ci-gît Charles premier, dont l'indigne faiblesse
Sur sa tête appela les révolutions.
Honte aux ministres vils qui faussèrent sans cesse
    Ses royales intentions !
Un roi faible est coupable, et son peuple lui-même,
En osant le punir, à jamais s'avilit.
On plaignit la victime ; on la regretta même !...
Mais son nom, qu'à nos yeux le supplice ennoblit,
    N'éveillerait que l'anathème
Si ce prince était mort à table ou dans son lit.

SUR L'AMOUR.

Mais qu'est-ce donc que l'amour ? Une source,
Un ruisseau pur à l'éternelle course,
Un astre fixe, un doux rêve sans fin ;
C'est une fleur qui sourit au matin ;
Une beauté, l'ornement de la terre,
Qui ne meurt pas ; enfin c'est un mystère,
C'est un orage, orage plus léger

Que ces brouillards où se baigne l'aurore ;
C'est un plaisir charmant et passager
Comme les fleurs que l'été voit éclore ;
C'est un espoir plus doux que le printemps,
Un désespoir plus noir que les autans !

———

SUR LE COEUR D'UNE FEMME.

Qu'est-ce , dis-moi , que le cœur d'une femme?
C'est un foyer d'où jaillissent en flamme
Les plus soudains , les plus forts sentimens ;
C'est une harpe aux suaves accens,
Et dont la corde , ou plaintive ou joyeuse,
Sous notre doigt résonne harmonieuse ;
Un monde entier , où brillent chaque jour
Ces rêves vains, enfans de la pensée ;
C'est une barque errante et balancée
Au gré des vents sur les mers de l'amour.

FIN DU PREMIER VOLUME.

TABLE.

FIN DE LA TABLE.

PARIS. — IMPRIMERIE DE CASIMIR,
rue de la Vieille-Monnaie, n° 12.

Imprimé en France
FROC031537230919
22213FR00017B/226/P